Mauvais pères

PATRICK PHILIPPART

À CHRISTIAN JAMART,
AMI ET LECTEUR PRÉCIEUX

PROLOGUE

Mercredi 6 novembre 2019

Chaque jour, sur le coup de dix-neuf heures, la salle de rédaction de *L'Actualité* se vide aux trois quarts en l'espace de quelques minutes. À l'effervescence bruyante de la fin d'après-midi succède une période que Dimitri Boizot trouve un peu déprimante. Le journal du lendemain est bouclé à quatre-vingt-quinze pour cent. Sauf gros événement, il ne subira plus que des changements cosmétiques. Les « Salut ! » percutent les « Bonne soirée ! » et les « À demain ! ». Bientôt, ne resteront que les journalistes de permanence, chargés de veiller au grain jusqu'à vingt-trois heures avec, pour seule compagnie, les écrans de télé fixés au mur, branchés sur les chaînes d'info en continu.

En ce début novembre, la nuit est déjà tombée depuis plus d'une heure. Pourtant, le moral de Dimitri est presque au beau fixe. Demain matin, il s'envole avec Sylvie à destination de Séville. Trois jours rien que pour eux, sans le gamin. Jean-Michel a fêté ses trois ans quelques semaines plus tôt, et il se réjouit d'aller loger chez ses grands-parents, dans leur pavillon de Vernouillet. En dépit de ses soixante-seize ans, son grand-père partage ses jeux avec un enthousiasme que son épouse a renoncé à tempérer.

Assise en face de lui, au bureau voisin du sien, Marie-Aude Février étend ses bras, jette la tête en arrière. Elle la fait tourner lentement, de gauche à droite, puis dans l'autre sens, les yeux fermés. D'un geste brusque, elle ferme son ordinateur portable, pousse un long soupir.

Avec ses cheveux châtains en pétard, son visage creusé de joggeuse quotidienne, sa manie de parler fort, en truffant ses phrases d'anglicismes exaspérants, Marie-Aude lui avait d'abord déplu. C'était six ans auparavant. Elle n'avait pas encore vingt-cinq ans et elle venait d'être engagée pour remplacer Patrice Censier, le spécialiste de la vie des entreprises. La cinquantaine compassée, de rares cheveux roux virant au gris qu'il plaquait vers l'arrière comme un ministre de la Troisième République, Patrice était un modèle de discrétion et de bonne éducation. Il avait décidé de prendre sa préretraite pour s'occuper d'Ingrid, son épouse victime de la sclérose en plaques. Dimitri s'entendait bien avec cet homme dont la profonde humanité dissimulée sous un masque de triste austérité lui avait valu le surnom de Droopy chez ses jeunes confrères.

Le contraste avec Marie-Aude était donc total, et il s'était senti désarçonné en la voyant débarquer avec l'assurance pathétique de la jeunesse. Avec le temps, il avait fini par découvrir une jeune femme moins monolithique qu'il ne le pensait. À l'occasion d'une fête de fin d'année organisée par la direction du journal, elle avait pour une fois abandonné son armure de battante, s'était lancée dans un karaoké échevelé avant de lui présenter Émilien. Son mari était un dessinateur de BD qui triomphait chez les tout-petits avec ses aventures de l'âne Charly. Dimitri avait aussitôt sympathisé avec ce garçon sans fioritures, qui parlait presque bas en affichant un sourire de gamin. En fin de soirée, Marie-Aude, qui avait un peu forcé sur le mousseux, avait pris Dimitri par le bras et, ouvrant son smartphone, avait fait défiler une série de photographies d'un petit garçon aux cheveux clairs, portrait craché de son père. « Oscar, l'amour de ma vie. Il est beau, hein ?

-Il est splendide.

-Avec Émilien, tu vois, c'est mon petit monde à moi, mon jardin secret. »

Cette fois-là, ses yeux brillaient, et pas seulement à cause de la boisson…

*

Dimitri sourit à Marie-Aude. Pour une fois, il se sent d'humeur sociable.

« La journée est finie ? » lance-t-il avec jovialité.

« Oui, et je ne suis pas fâchée. J'ai envie d'une soirée de glandouille avec Milou et Oscar… »

Elle s'interrompt, semble hésiter, puis ajoute : « Ce week-end, quand tu seras en Andalousie avec Sylvie, croise les doigts pour moi. »

Elle a baissé la voix, comme si elle craignait d'être entendue par d'autres confrères. Son sourire a disparu. Le signal d'alerte que Dimitri connaît bien retentit dans sa tête. Il pense à une intervention chirurgicale délicate. Il se penche un peu vers l'avant et fait : « Qu'est-ce qui se passe ?

-Si tout se déroule comme prévu, je vais enfin apprendre la vérité sur mon père… »

PATRICK PHILIPPART

PREMIÈRE PARTIE
L'ACCIDENT

CHAPITRE 1

Deux jours plus tard

Le ciel est lourd. De gros nuages sombres crachent une désagréable pluie fine et froide. Le cœur de Marie-Aude bat plus fort. Elle ne l'avouerait pour rien au monde, mais les voyages en avion l'ont toujours terrorisée. Prendre place dans un Boeing ou un Airbus n'a jamais été une partie de plaisir. Alors, grimper dans un *coucou* qui semble si petit, si fragile…

Pour la première fois de sa vie, elle va monter dans un avion de tourisme. Quatre places, comme une voiture. Mais dans une voiture, au moins, on peut sentir la terre ferme sous ses pieds. Si un problème mécanique surgit, on sait qu'il suffira d'ouvrir la portière pour s'échapper.

À un mètre devant elle, marchant d'un pas décidé, Rodolphe Hubaud-Bréval paraît soucieux, tracassé. Elle s'abstient de lui en demander la cause. Elle-même n'est pas au mieux de sa forme. Il se retourne : « Vous n'avez aucune raison d'avoir peur. Je pilote depuis quasiment vingt-cinq ans. Cet avion et moi, c'est une longue histoire d'amitié. Je le connais par cœur. Il m'a déjà emmené partout, ou presque. Avec lui, nous serons à Biarritz dans quatre heures ! »

Elle regarde son visage lifté, un peu trop bronzé pour la saison, ses cheveux noirs aux reflets cuivrés. Il les teint, c'est évident. Il vient d'avoir soixante ans et doit lutter contre les signes trop visibles du temps qui passe. Une nécessité quand on a une maîtresse de trente ans sa cadette.

« Vous ne trouvez pas que ça souffle un peu fort ? »

Il sourit enfin. « Rassurez-vous donc ! Je vous jure que vous êtes entre de bonnes mains. Et puis… Dites-vous que dans quelques heures, nous serons fixés. C'est bien ce que vous voulez, non ? »

Bien sûr. Depuis le 3 septembre 2018, son existence n'est plus la même, elle multiplie les questions sans réponse, échafaude les hypothèses les plus folles. Alors oui, elle devrait être enthousiaste à la perspective d'apprendre enfin la vérité. Mais une petite voix intérieure la torture. « Et si l'avion s'écrase, si le destin s'acharne ? »

Elle aspire une grande goulée d'air en une ultime tentative de se donner du courage. Elle pense à Émilien, à qui elle est obligée de mentir depuis des mois. Elle revoit le petit visage d'Oscar, qu'elle a embrassé ce matin avec plus de force encore que d'habitude…

Hubaud-Bréval lui tend la main pour l'aider à monter. Cette fois, plus question de reculer…

*

La terre vue du ciel, quand on vole sous les nuages, est un camaïeu de verts avec, çà et là, des taches ocre. Les fermes et les maisons ressemblent à des jouets. D'ici, tout paraît plus simple, les contingences quotidiennes s'estompent. Marie-Aude commence enfin à se détendre. Le bruit régulier du moteur la rassure, la maîtrise du pilote aussi.

Rodolphe Hubaud-Bréval est concentré. Le visage fermé, il ne parle pas. Même s'il le cache bien, elle sait qu'il doit être nerveux, lui aussi. L'autre jour, il avait l'air tellement penaud en reconnaissant qu'elle avait raison, que ses soupçons étaient fondés. Elle a compris, alors, qu'il n'était vraiment au courant de rien et qu'il en était mortifié. D'ennemi mortel, il s'est mué en complice de circonstance.

Elle ferme à demi les yeux, se laisse bercer par le ronronnement. À cet instant, elle comprend la passion de Hubaud-Bréval pour l'aviation. Le temps est mis entre parenthèses, les problèmes semblent moins aigus. Dans deux jours, elle pourra enfin tout avouer à Émilien, tourner la page la plus douloureuse de sa vie. Même si elle sait trop bien qu'elle n'en aura pas tout à fait terminé aussi longtemps que le coupable, celui dont elle va enfin apprendre le nom, n'aura pas payé…

*

Louans (AFP). 08/11/2019. 17h09.

Deux victimes dans l'accident d'un avion de tourisme au sud de Tours.

Un accident s'est produit ce vendredi peu avant 15h50 sur la commune de Louans, à une trentaine de kilomètres au sud de Tours. Un avion de type Piper Archer III PA-28 s'est écrasé dans un champ en bordure de la départementale 21.

L'alerte a été donnée par un automobiliste qui passait à ce moment sur la route et qui a vu un petit avion de tourisme qui semblait en difficulté. Selon le témoin, l'appareil volait trop bas. Il l'a vu percuter plusieurs arbres avant de s'écraser dans un champ.

Les services de secours arrivés rapidement sur les lieux ont constaté que l'avion était brisé en deux et que des débris jonchaient les arbres et le sol sur une cinquantaine de mètres.

Deux personnes se trouvaient à bord. Elles ont été tuées sur le coup. À l'heure actuelle, leurs identités n'ont pas encore été communiquées par le parquet de Tours.

L'enquête sur l'accident et ses causes a été confiée à la gendarmerie du trafic aérien (GTA) et au Bureau d'Enquêtes et d'Analyse pour la sécurité de l'aviation civile (BEA).

CHAPITRE 2

Oscar dort comme un bienheureux. Même dans son sommeil, il sourit, confiant dans la vie et le monde qui l'entoure. Émilien ferme doucement la porte. Il jette un œil à sa montre. Vingt heures vingt-cinq. Il appellera Marie-Aude dans une heure, afin de savoir comment se passe son séjour à Genève. En attendant, il va travailler un peu. La dernière aventure de l'âne Charly lui cause du souci. Pour le dessin, pas de problème. Le scénario, lui, ne le satisfait pas encore complètement. Et il doit remettre les planches à son éditeur dans quinze jours. « C'est vraiment la dernière limite, lui a-t-il dit, si on veut être en vente pour les fêtes. » Il a raison, c'est évident. Mais l'inspiration n'arrive pas toujours sur commande…

Vingt-deux heures cinquante-cinq. Son smartphone se met à vibrer sur le bureau. Il est tellement certain que c'est Marie-Aude qu'il accepte l'appel sans un regard à l'écran. Trois fois déjà, il a essayé de la joindre, s'est heurté à son répondeur.

Une voix d'homme, inconnue. « Monsieur Nocker ?

-Oui… »

Encore un emmerdeur qui va chercher à lui fourguer une caisse de piquette maquillée en grand cru. Il s'apprête à raccrocher, excédé par le sans-gêne de ces démarcheurs qui ont l'art d'appeler au plus mauvais moment.

« Adjudant Gilles Balpétré, brigade de gendarmerie de Montbazon. »

Émilien sursaute, une nuée de pensées jaillissent dans son cerveau. « Vous êtes bien l'époux de Marie-Aude Février ? »

Il est soudain plongé dans une baignoire d'eau glacée. Il couine lamentablement : « Oui ? »

Le ton interrogatif lui a échappé, comme s'il n'était plus sûr de rien.

« Monsieur Nocker, j'ai une mauvaise nouvelle pour vous… »

Un silence. Il est incapable de le rompre. Les mots ne parviennent plus à ses lèvres.

« Monsieur Nocker, votre épouse a eu un accident cet après-midi.

-Un accident ? »

Les phrases qui ont suivi resteront gravées dans sa mémoire à tout jamais. « Votre épouse était la passagère d'un avion de tourisme qui s'est écrasé cet après-midi à quinze heures quarante-six dans un champ sur la commune de Louans. Lorsque les secours sont arrivés sur place, il était malheureusement trop tard. »

Il ferme les yeux. Une nausée le submerge. Il se met à vomir sur l'âne Charly.

« Monsieur Nocker, ça va ?

Il s'essuie la bouche d'un revers de la main. Ce n'est pas possible ! Ce gendarme doit faire erreur !

« Ma femme est à Genève, pour son travail. Elle est partie en train. Elle n'a pas pris d'avion. Vous vous trompez !

-Je comprends votre réaction, mais je vous assure…

-Vous m'assurez, vous m'assurez ! Mais je connais ma femme, quand même ! D'ailleurs, je l'appelle tout de suite ! »

Il coupe la communication, ouvre le journal de son smartphone, balaie le nom Mario.

Ce gendarme est un con. On ne peut pas annoncer la mort de quelqu'un sans avoir procédé à toutes les vérifications. Une sonnerie... Le matin même, en quittant la maison, Marie-Aude est partie pour Genève, où elle doit passer trois jours afin de *couvrir* le congrès annuel des sous-traitants aéronautiques pour le compte de *L'Actualité*. Une seconde sonnerie, une troisième. Puis sa voix : « Bonjour, vous êtes en communication avec Marie-Aude Février. Je ne suis pas joignable en ce moment, mais vous pouvez laisser un message après le bip. À très bientôt... »

Il coupe l'appel. Il sonnera une nouvelle fois tout à l'heure. Elle doit être occupée.

Cinq secondes plus tard, son smartphone vibre à nouveau. Encore ce gendarme ! Il va l'envoyer aux choux.

« Monsieur Nocker, écoutez-moi. C'est bien votre épouse qui se trouvait dans cet avion, il n'y a pas le moindre doute à ce sujet... Je suis vraiment désolé... »

Il se racle la gorge, l'odeur de vomi lui monte au nez.

L'adjudant Balpétré, comprenant que l'information s'est enfin frayé un chemin jusqu'au cerveau de son correspondant, poursuit : « L'avion avait décollé peu après treize heures des environs d'Évreux à destination de Biarritz. Votre épouse accompagnait monsieur Rodolphe Hubaud-Bréval, qui a également perdu la vie dans l'accident. Vous l'ignoriez ? »

Émilien referme les yeux. Il est comme paralysé. La tête et le corps ne répondent plus.

« Monsieur Nocker ?

-Oui... Oui, je l'ignorais.

-Vous connaissiez monsieur Hubaud-Bréval ?

-Pas du tout ! »

Le gendarme, surpris par cette réponse trop catégorique, hésite un instant. « Monsieur Nocker, vous ne savez donc pas pour quelle raison votre épouse accompagnait monsieur Hubaud-Bréval à Biarritz ? »

Une nouvelle nausée. Il gémit doucement. « Elle devait être à Genève… »

Du reste de la conversation, il ne conservera qu'un souvenir confus. Il se rappelle seulement qu'il a été question de l'institut médico-légal de Chambray-lès-Tours…

CHAPITRE 3

Une heure du matin, au Vésinet, une grosse villa posée au milieu d'un grand parc arboré, est éclairée a giorno. Dans le salon, France Bréval est assise aux côtés de son fils, une main posée sur son genou. Elle lui a téléphoné peu avant minuit pour lui annoncer la mort brutale de son père. Il a crié *« Ce n'est pas possible ! »,* réveillant son épouse Stéphanie. D'une phrase, lâchée d'un trait, il l'a mise au courant. Elle a éclaté en sanglots, puis a couru s'enfermer dans la salle de bains. Lui s'est habillé en vitesse, a sauté dans sa Jaguar et est venu rejoindre sa mère.

« Voilà. Tu en sais autant que moi » fait-elle d'un ton las. Hervé, un grand garçon à l'allure sportive, les traits réguliers, les cheveux blonds en bataille, le regard bleu très clair, semble abattu. Il pousse un long soupir, presque un gémissement. « Qu'est-ce qu'il allait faire à Biarritz ?

-À ton avis ? » réplique sa mère, sarcastique.

Curieusement, elle ne semble pas très affectée. Comme si elle avait lu dans ses pensées, elle ajoute : « J'ai toujours pensé que ça se terminerait ainsi… Avec ses problèmes cardiaques, je lui avais demandé d'arrêter de voler. Mais il n'en a jamais fait qu'à sa tête… Le plus terrible, c'est qu'il a entraîné une gamine dans la mort… »

Hervé ne répond pas. La tête basse, il laisse les larmes rouler sur son visage. Sa mère le regarde avec un mélange de tendresse et d'inquiétude. Est-il vraiment armé pour affronter la bataille qui va éclater à la banque Bréval ?

« Une gamine ? Elle avait quel âge ?

-Trente ans, m'a dit le gendarme que j'ai eu au téléphone… Elle devait être jolie, je suppose. Comme toutes celles qui l'ont précédée… Le pire, c'est qu'elle était mariée et qu'elle avait un petit garçon… »

Sa mère s'accommode depuis très longtemps des multiples aventures de son mari. Il n'a jamais su s'il s'agissait de lâcheté, de résignation, d'indifférence ou d'intelligence…. »

« Trente ans, ce n'est plus vraiment une gamine.

-C'est une façon de parler… Il paraît que je vais devoir identifier formellement ton père… La morgue est à côté de Tours. »

Elle n'ajoute rien. Elle sait qu'Hervé ne l'accompagnera pas. Il avait à peine cinq ans lorsque son grand-père s'était effondré d'un coup devant lui, lors d'une partie de football acharnée dans le jardin de la maison de Neuilly. Il a développé une phobie des cadavres qui ne s'est pas arrangée avec le temps.

« Tu veux que je t'y conduise ? » Il affiche un pauvre sourire.

« Non, c'est gentil. J'irai seule… À moins qu'Armand propose de m'accompagner.

-Tu l'as déjà prévenu ?

-Je l'appellerai vers huit heures, inutile de le réveiller en pleine nuit. Toi, reste avec Stéphanie et Jérémie, c'est mieux… »

*

Au même instant, à Paris, les vibrations de son iPhone sur la table de nuit sortent le vice-président de la banque Bréval de son sommeil. Le radio-réveil indique une heure dix. L'écran de l'appareil affiche *Tartakover*.

Alexandre de Mérot prend l'appel. « Oui ?

-Alex, c'est Régis. Tu connais la nouvelle ? »

Tarta a l'air excité comme s'il venait d'apprendre qu'il a gagné au Loto.

« Quelle nouvelle ?

-RHB est mort. Son avion s'est crashé hier après-midi.

-Quoi ! »

À ses côtés, Justine se retourne vers lui et grogne : « Qu'est-ce qu'il y a ? »

De Mérot lui sourit. « Rien, rien, ne t'inquiète pas ! »

Il repousse la couette et se lève. Arrivé au salon, où un vieil épagneul s'étire paresseusement dans son panier, il fait : « C'est quoi, cette histoire ? »

Son correspondant lui explique les circonstances de l'accident qui vient de coûter la vie à Rodolphe Hubaud-Bréval, plus connu sous les initiales RHB dans les milieux économiques.

Complètement réveillé, Alexandre de Mérot comprend qu'il vit un moment exceptionnel, un tournant de son existence.

« Dis donc, Régis, c'est miraculeux, ce crash. Il pouvait pas mieux tomber… Oui, je sais, l'expression est malheureuse, mais reconnais que c'est une excellente nouvelle… Tu crois pas aux miracles ? Moi non plus, mais dans ce cas…

-RHB n'était pas seul à bord. Il était accompagné d'une certaine Marie-Aude Février. Une journaliste de *L'Actualité*. Elle aussi est morte.

-Février, tu dis ?… Elle m'a appelé la semaine dernière. Elle me proposait un portrait dans son canard… Je lui avais fixé rendez-vous pour un jour de la semaine prochaine… Qu'est-ce qu'elle foutait avec ce con ? Il la sautait ?

-Le connaissant, c'est une hypothèse plus que probable.

-En tout cas, il va falloir faire vite si on veut profiter de l'occasion, la fenêtre de tir n'est pas large… Bon, je vais jeter un œil sur les chaînes d'info en continu. Nous, on se voit dès que possible avec Rebulet, on ne peut pas se laisser prendre de vitesse. On se retrouvera chez toi ! Tu l'appelles et tu me tiens au courant ! Oui, c'est ça, salut ! »

En coupant la communication, de Mérot arbore un étrange sourire, entre soulagement et satisfaction…

CHAPITRE 4

En débarquant à Orly, Dimitri Boizot se sent détendu comme il ne l'a plus été depuis une éternité. Les trois jours à Séville avec Sylvie ont été un enchantement. C'était comme s'il l'avait retrouvée après une longue absence. Il y a un peu de ça, finalement. Depuis la naissance de Jean-Michel, il a le sentiment que Sylvie s'éloigne peu à peu de lui, au profit de leur fils.

Là, ils n'ont vécu que pour eux. Pourtant, ce n'était pas gagné : il avait dû déployer des trésors de persuasion afin de la convaincre de s'éloigner de son fils pour la première fois.

« Et voilà ! On a passé de merveilleux moments, non ? »

Sylvie lui sourit en approuvant de la tête. Il sait qu'elle n'a alors qu'une idée, retrouver Jean-Michel, le serrer dans ses bras. Elle a hâte de savoir comment s'est passé son séjour chez ses grands-parents. D'autant plus que Dimitri avait exigé qu'ils coupent leurs portables pendant la durée de leur voyage. « Si on ne le fait pas, on va être emmerdés en permanence. Moi par Drichon ou un autre enquiquineur du journal. Toi par Floucaud ou l'un de tes auteurs.

-D'accord. Mais en cas d'urgence ?

-Il n'y aura pas d'urgence. Mes parents ont élevé trois enfants, et rappelle-toi qu'ils se sont très bien occupés des gosses de Brigitte quand elle a eu ses problèmes avec Stéphane ! »

Elle avait fini par céder, mais il l'avait sentie nerveuse pendant le vol de départ. Elle ne s'était vraiment détendue que dans la soirée, après un repas dans l'un des meilleurs restaurants de la ville où il avait réservé une table en terrasse.

Au moment où Sylvie sort son portable de son sac pour le rallumer, le regard de Dimitri est attiré par la *une* de *L'Actualité* sur un tourniquet à journaux. Le gros titre et la photo qui l'illustre lui sautent aux yeux : « *Notre reporter Marie-Aude Février disparaît dans un crash aérien* »

« Bordel ! C'est quoi, ça ? »

Il se précipite sur le journal, qu'il dégage du présentoir. Il n'en revient pas.

« Qu'est-ce qu'il y a ? » demande Sylvie, soudain anxieuse.

« Regarde, c'est Marie-Aude… »

Il se met à lire : « *Ce vendredi, peu avant 16 heures, un petit avion de tourisme, avec deux personnes à son bord, s'est écrasé dans un champ au sud de Tours. Les deux passagers ont été tués sur le coup. Dans la soirée, on apprenait leurs identités. Le pilote, qui était aussi le propriétaire de l'appareil, était Rodolphe Hubaud-Bréval (60 ans), le président-directeur général de la banque Bréval. Il était accompagné de Marie-Aude Février (30 ans).*

La nouvelle a particulièrement touché les membres de notre rédaction : Marie-Aude était, en effet, journaliste à L'Actualité depuis le mois de mars 2013. Elle avait été engagée au service Entreprises et Économie en remplacement de Patrice Censier, parti à la retraite. Malgré son jeune âge — Marie-Aude avait alors vingt-quatre ans — elle s'était très vite imposée comme l'un des piliers de ce service. Titulaire d'une licence d'économie de la Sorbonne et d'un diplôme du CFJ (Centre de Formation des Journalistes) obtenu en 2012, Marie-Aude était également une collègue appréciée pour son dynamisme et son écoute des autres. La direction et la rédaction de L'Actualité présentent à sa famille, et particulièrement à son mari et à son fils Oscar, leurs plus sincères condoléances. »

Suit un long reportage sur le crash, illustré de terribles photos. Un habitant du coin témoigne de ce qu'il a vu. Le parquet de Tours fournit une version officielle, et provisoire dans l'attente des conclusions des experts : un accident, probablement dû à une erreur de pilotage ou à un malaise du pilote.

À ses côtés, Sylvie vient d'entrer en communication avec son beau-père. « Tout s'est bien passé avec Jean-Michel ?... Super !... Nous ? Oui, c'était vraiment bien, nous vous raconterons. Là, on va récupérer notre valise, on prend la voiture au parking et on arrive ! »

En la voyant si rayonnante à la perspective de retrouver son petit dieu, Dimitri songe que la parenthèse est refermée. La vie quotidienne va les happer à nouveau dans son grand broyeur. Et puis il y a la disparition de Marie-Aude. Il la revoit l'autre soir, juste avant de quitter la rédaction. Elle s'était laissée aller à des confidences inattendues.

« La vérité sur ton père ? » Il avait écarquillé les yeux pour marquer sa surprise et son incompréhension.

« Oui… Ma mère m'a menti pendant plus de vingt-cinq ans. Comment une mère peut-elle faire ça à sa fille ? Mais bon, il est trop tard pour revenir en arrière puisqu'elle n'est plus là… Maintenant, je vais enfin tout savoir… Je n'en ai jamais parlé parce que c'est trop intime, mais je sais que tu es quelqu'un en qui je peux avoir confiance. Quand tu écoutes, on voit bien que tu n'es pas en train de penser à autre chose. Tu écoutes vraiment, et ça c'est précieux… La semaine prochaine, on ira prendre un verre, tu me raconteras ton city trip et je te parlerai de mon père, tu verras que c'est une histoire pas banale du tout… »

C'étaient ses derniers mots. Une chape de cafard s'abat sur ses épaules…

*

À la même heure, Jean-Paul Février arrive chez son père. Il a accouru dès qu'il a appris la nouvelle. En sortant du cinéma où il était allé voir *La Belle Époque*, il a rallumé son portable, a consulté ses mails. Sa cousine Edwige avait laissé un message au titre laconique : « Marie-Aude ». Intrigué, il l'avait ouvert et avait failli faire un malaise. « Salut Jipé, je ne sais pas si tu es au courant, mais Marie-Aude a eu un accident d'avion. Elle est décédée. Je suis vraiment désolée. »

Rien d'autre. Juste ces deux lignes. Il se trouvait alors sur le boulevard Saint-Germain, au milieu de la foule du samedi après-midi. Ses yeux s'étaient brouillés et il avait dû s'adosser à une façade pour ne pas tomber.

Les pensées s'étaient bousculées dans sa tête. Il avait réentendu la voix de Marie-Aude la dernière fois qu'ils s'étaient parlé au téléphone. « Je suis excitée, tu peux pas savoir ! Je te jure que j'aurai bientôt la peau de De Mérot ! » Elle était sur le point de parvenir à ses fins. Aujourd'hui, Marie-Aude, sa petite Mario, n'était plus là. Que s'était-il passé exactement ?

*

Jean-Paul Février ne vient pas souvent rendre visite à son père. Son boulot l'occupe beaucoup et, même s'il se refuse à l'admettre, il n'a rien à lui dire. Ils évoluent depuis plusieurs années dans deux mondes aux antipodes l'un de l'autre. Lui dans son cabinet d'architectes, toujours entre deux projets, tourné vers l'avenir ; son père, au volant de son autobus, avec sa nostalgie d'une France fantasmée et ses théories aux relents nauséabonds.

Depuis son veuvage, son père semble s'être davantage renfermé sur lui-même. Quand il vient ouvrir la porte d'entrée de la maison, il est sommairement vêtu d'un training défraîchi, et on dirait qu'il a encore grossi depuis sa dernière visite, un mois plus tôt.

En le voyant, Jean-Paul Février n'a pas la force de parler. Il se jette dans ses bras, éclate en sanglots.

« Qu'est-ce qu'il y a ? » Marc Février ne comprend rien à l'attitude de son fils. Il ne le repousse pas, le laisse s'épancher, lui tapote le dos. Enfin, au bout d'une minute, Jean-Paul se redresse, le regarde et lâche : « Mario est morte… »

Putain ! Qu'est-ce qu'il raconte ?

« Quoi ?

-Ils en ont parlé au journal de treize heures. C'est Edwige qui m'a prévenu. Elle a eu un accident d'avion. »

Marc Février, assommé, entraîne son fils vers l'intérieur de la maison, verrouille machinalement la porte d'entrée à double tour.

Mario, la petite Mario, qu'il connaît depuis qu'elle a quatre ans, qu'il a élevée comme sa propre fille, même si elle a parfois cru qu'il lui préférait Jean-Paul. Il s'affale dans son vieux fauteuil de cuir tout craquelé. « Qu'est-ce qui s'est passé ? »

Son fils se mouche bruyamment, essuie ses larmes et lui explique les détails de ce qu'il a appris après avoir reçu le message d'Edwige. Mais il ne lui dit pas tout, ne lui parle pas de De Mérot, que cet accident arrange bien…

PATRICK PHILIPPART

CHAPITRE 5

Chaque fois qu'il retrouve le pavillon de Vernouillet, Dimitri a l'impression de remonter le temps. Il a vécu ici ses années d'enfance et d'adolescence, aux côtés de son frère aîné, Simon, et de sa sœur cadette, Brigitte.

Le temps a passé. Simon, après vingt années d'un bonheur sans nuages avec Anne-Catherine, s'est séparé d'elle à la suite d'une liaison avec Victoire Daret, une jeune ophtalmologue, qui s'est terminée tragiquement[1]. Aujourd'hui, il vit à Marseille où il est cuisinier dans un restaurant du Vieux-Port. Il ne donne des nouvelles qu'épisodiquement, jurant à chaque fois qu'il est parfaitement heureux. Dimitri, qui connaît bien ses doutes et ses faiblesses, n'en croit pas un mot. Quant à Brigitte, qui vit à Tours depuis son mariage avec un professeur de l'université François-Rabelais, son couple a

---

[1] Voir *Une soirée si douce...*

traversé l'année précédente de fortes turbulences. Stéphane, son mari, avait été accusé de harcèlement sexuel par une collègue. Lui jurait que tout était faux et qu'il s'agissait d'une machination destinée à l'écarter de la présidence de l'université. À la fin du printemps, la justice lui a donné raison. Mais l'affaire a laissé des traces.

Dimitri gare sa voiture dans l'allée de graviers. Ses parents organisent trois ou quatre fois par an de grands déjeuners pour réunir la famille. « Nous sommes les premiers ? » s'étonne Dimitri en embrassant son père.

« Oui. Tu sais que Stéphane et Brigitte arriveront à midi pile, c'est-à-dire dans… dix minutes. Et Simon aurait l'impression de déchoir s'il n'avait pas au moins une demi-heure de retard. »

Son père s'interrompt pour se pencher sur Jean-Michel. Le prenant dans ses bras, il l'embrasse avec fougue. « Et alors, pirate ? On s'est bien amusés tous les deux pendant trois jours, hein ? »

Le gamin adore son grand-père, qui n'hésite jamais à faire le pitre pour le distraire. Sylvie lance : « Si vous saviez ! Depuis qu'on a quitté Paris, il est excité comme une puce ! »

De la cuisine, ils entendent la mère de Dimitri s'excuser de ne pas venir les saluer. « Sinon, je risque de tout cramer ! » lance-t-elle. Charles Boizot sourit : « Rien ne change… »

« Si seulement ça pouvait être vrai » songe Dimitri.

*

Simon semble avoir enfin surmonté sa dépression. La dernière fois que Dimitri l'avait vu, il avait terriblement maigri, il marchait avec le dos voûté, à petits pas, comme un vieillard. Là, il a repris du poids et s'est redressé. « Viens ! lui a-t-il dit en le prenant par le bras, on va aller faire un petit tour dans le quartier, notre quartier… »

Dimitri lui a emboîté le pas, s'est furtivement retourné pour adresser à Sylvie une discrète grimace d'étonnement.

« Tu as l'air en forme !

-Ouais… C'est comme si je commençais une nouvelle vie.

-À ce point-là ?

-Oui… Je t'en parle entre nous, parce que j'ai pas envie de mettre toute la famille au courant. Tu connais les parents, j'aurais droit à une rafale de questions. C'est encore un peu tôt. Mais j'ai rencontré quelqu'un. J'me sens comme un gamin amoureux pour la première fois. »

Dimitri hoche doucement la tête avec un sourire d'encouragement.

« Tu sais, quand j'ai perdu Victoire, j'ai cru que je ne pourrais jamais m'en remettre. Si je suis parti à Marseille, c'était pour fuir tous les souvenirs que j'avais à Paris… Au début, ça a été difficile. Me résoudre à bosser sous les ordres d'un patron n'a pas été simple. Plusieurs fois, j'ai cru que j'allais péter les plombs. Je me disais qu'il vaudrait peut-être mieux laisser tout tomber et carrément changer de vie. Mais tu me connais, je suis du genre têtu, borné même parfois… Alors je me suis accroché. Avec Farid, maintenant ça va… Et puis, surtout, j'ai rencontré Adeline… »

Simon s'interrompt, jette un long regard autour de lui. Dans cette rue des Vieux-Puits, il a aussi une armée de souvenirs qui lui sautent au visage. « Adeline… C'était pas gagné… Un soir, après le boulot, quand je suis rentré chez moi, j'ai entendu une musique qui gueulait dans l'immeuble. À une heure du matin… J'étais crevé, mais avec le boucan, impossible de dormir. Alors je suis monté au troisième. J'ai cogné sur la porte, et je me suis retrouvé devant une petite bonne femme dans une longue robe à étoiles de toutes les couleurs, avec un chapeau pointu sur la tête. Je lui ai dit que j'étais le voisin du dessous et que ce serait bien qu'elle diminue sa musique. Elle a rigolé, m'a entraîné dans son appart' où il y avait une dizaine de péquenots qui se déhanchaient dans son salon, tous habillés comme au Moyen Âge. Elle m'a proposé un verre. Je suis redescendu chez moi vers cinq heures du matin…

-Marrant…

-Oui. Deux jours après, on s'est croisés dans l'escalier, elle m'a invité à aller boire un verre chez elle. J'ai accepté, et ça fait trois mois qu'on est ensemble.

-C'est bien… Elle fait quoi dans la vie ? »

Simon s'arrête, face à son frère, l'air soudain embarrassé. « C'est pour ça que j'ai pas envie d'en parler aujourd'hui aux parents. Adeline est fliquette.

-Personne n'est parfait.

-Comme tu dis, surtout quand on connaît le côté un peu anar de papa… En plus, elle a deux enfants, un fils de trente-deux ans, une fille de vingt-neuf… Et elle est quatre fois grand-mère.

-Elle a quel âge ?

-Cinquante-cinq. C'était ce qu'elle fêtait le premier soir où on s'est rencontrés. »

Dimitri hoche la tête. « Bon, si on rentrait pour l'apéro ? Sinon ils vont tous se demander ce qu'on fout… En tout cas, je suis content pour toi… »

*

Le déjeuner terminé, Dimitri entraîne Stéphane au jardin. Il aime bien ce beau-frère. Pourtant, a priori, tout devrait l'éloigner de lui. Ce grand échalas au visage long comme un jour sans pain a le sourire rare et contraint. Professeur d'université à Tours, spécialiste du droit de la propriété, engagé politiquement à droite, il a même manifesté contre le mariage pour tous. Pourtant, inexplicablement, il a pour lui une réelle affection. Particulièrement depuis les accusations qui ont failli lui coûter son poste. À cette occasion, Stéphane avait révélé des failles, des faiblesses qui l'ont rapproché de lui. Totalement blanchi, il commence à remonter la pente, mais Dimitri sent bien que les relations avec son épouse ont subi un coup de froid. Brigitte qui, jusque-là, avait toujours été en admiration devant cet homme, n'hésite plus à le contredire en public. Elle s'affirme enfin, même physiquement, avec un look plus moderne, moins *bobonne* que celui qu'elle se croyait obligée d'arborer.

Il connaît bien Stéphane, et il sait que sa réserve naturelle l'empêche de se livrer sur ses problèmes devant une grande tablée.

« Ça va, Steph' ? »

Depuis toujours, Dimitri prend un malin plaisir à l'affubler de ce diminutif dont il a horreur. Entre eux, c'est presque devenu un signe de connivence.

« Ça va… J'apprends à me reconstruire, comme on dit aujourd'hui. Mais, franchement, on a passé des moments difficiles. J'ai cru que le ciel me tombait sur la tête avec ces accusations incroyables qui, pourtant, ne semblaient pas étonner grand monde. Très vite, j'ai pu faire le tri entre les amis — ou en tout cas les soutiens — et les autres. Même si la justice m'a totalement donné raison, je sais que la présidence de l'université m'est définitivement inaccessible. Mais ce n'est pas grave. J'ai au moins appris que le monde ne se résume pas à la vie professionnelle… »

Dimitri approuve de la tête.

« Et toi ? » fait son beau-frère.

« Tu vois. Jean-Michel pousse. Trop vite à mon gré… Avec Sylvie, nous nous sommes offert une escapade à Séville qui a été géniale. Maintenant, il faut reprendre le collier. La vie de tous les jours n'est pas toujours simple, mais c'est le lot de tous les couples… Avec Claude et Mireille, je n'ai plus que des contacts épisodiques depuis qu'ils vivent en Afrique du Sud avec leur mère et son dentiste… Pour être franc avec toi, je n'aurais jamais cru qu'ils me manqueraient autant. Heureusement, ils vont venir passer une semaine à Paris entre Noël et Nouvel An. Andrée logera chez ses parents, Claude et Mireille dormiront chez moi.

-C'est bien… »

Stéphane scrute le ciel, semble soudain retrouver un souvenir perdu : « Tiens… Je fais du coq à l'âne, mais j'ai vu qu'une de tes jeunes consœurs est décédée dans un accident d'avion pas très loin de chez nous… »

Dimitri le regarde, surpris. Son beau-frère n'est pas du genre à se passionner pour les faits divers. Depuis deux heures, il avait presque réussi à oublier l'accident de Marie-Aude, sa soudaine gravité lorsqu'elle avait évoqué son père. Pourtant, depuis hier, une question tourne à l'obsession : que faisait-elle dans cet avion en compagnie d'un ponte de la finance, renommé pour ses multiples aventures féminines, pas toujours consenties ? A priori, la réponse est simple : elle était en route pour un week-end amoureux à Biarritz. Mais ça ne colle absolument pas avec ses confidences. Cette nuit, il s'est réveillé en sursaut, le cerveau en ébullition. Se pourrait-il que Marie-Aude soit la fille naturelle de ce banquier ? Au niveau de l'âge, en tout cas, c'est possible…

« Oui… On s'était encore parlé mercredi soir, elle était très… chouette. »

En prononçant ce mot, il se trouve ridicule. Pourquoi pas *sympa* tant qu'il y est ? Mais Stéphane ne relève pas, il suit sa propre pensée : « *La Nouvelle République* a fait gros sur le sujet… Il y a des coïncidences vraiment étonnantes. Hier après-midi, j'ai eu un contact avec un de mes anciens confrères, aujourd'hui retraité… Il connaissait bien Rodolphe Hubaud-Bréval, avec qui il partageait la passion de l'aviation. Il possède d'ailleurs un avion identique au sien. Il est membre d'un club situé dans les environs de Tours et, à ce titre, les enquêteurs lui ont demandé son expertise. »

Dimitri recolle aussitôt à la conversation : « Quel genre d'expertise ?

-Si j'ai bien compris — mais tu sais que la mécanique m'est définitivement et irrémédiablement étrangère —, il doit examiner une série de pièces de l'appareil afin de s'assurer qu'elles n'ont pas été volontairement endommagées.

-Tiens… Je pensais qu'il s'agissait d'un accident. »

Stéphane a une moue d'ignorance. « Je suppose que ce genre d'expertise est la procédure suivie habituellement en pareil cas.

-Sans doute… Tu peux me fournir les coordonnées de ton confrère, au cas où ?

-Au cas où quoi ?

-Eh bien, si…

-Thierry Moizan, il s'appelle Thierry Moizan.

-Oui, s'il établit que l'avion a été saboté, je préférerais être parmi les premiers informés.

-Toujours la recherche du scoop… »

Dimitri perçoit aisément la nuance de réprobation un peu méprisante mise par son beau-frère dans cette phrase. Mais il n'a pas envie de lui détailler les raisons de son intérêt pour ce crash. Il se contente de répondre : « On ne me changera plus… »

Stéphane hoche la tête d'un air navré.

CHAPITRE 6

De l'appartement, la vue sur l'Arc de triomphe est imprenable. Mais les trois hommes installés au salon s'en moquent. Pour l'heure, ils ont d'autres soucis. Alexandre de Mérot repose sa tasse de café. Il fait face aux deux autres, en homme habitué à commander.

« Ne soyons pas hypocrites. Cet accident est une fantastique opportunité. J'y ai bien réfléchi cette nuit après ton appel » dit-il au plus jeune de ses vis-à-vis, un trentenaire empâté, aux yeux globuleux qui lui font une gueule de crapaud. Régis Tartakover – que tout le monde appelle Tarta – est entré à la banque Bréval sept ans plus tôt grâce à de Mérot. Il lui doit tout et il le sait.

« Avec la disparition de RHB, nous sommes potentiellement majoritaires au conseil d'administration, à condition de convaincre Letexier de marcher avec nous.

-Ce n'est pas gagné ! » Raphaël Rebulet est un petit homme sec, au visage en lame de couteau, qui paraît plus que ses cinquante-quatre ans. Lorsqu'il est stressé, il est affligé d'un tic qui lui fait se frotter les ailes du nez avec l'index de la main gauche.

« Je sais, c'est bien pour ça que nous sommes ici. Il faut trouver un moyen de nous le concilier, sinon c'est le *gentil* Hervé qui succédera à son père à la présidence. Et alors, là, pas besoin de vous faire un dessin… »

Tartakover hoche la tête en silence, l'air pensif. Rebulet revient à la charge : « Le moyen, le moyen… Il n'y en a pas trente-six : du pognon, c'est tout. »

De Mérot lâche un petit ricanement méprisant. « Merci pour cette fine analyse, je n'y aurais jamais pensé… Trêve de plaisanterie : je sais qu'il faudra du pognon, mais ça ne suffira pas pour Letexier. Ce minable marche aux hochets. Donc, je pense que si on lui propose la direction du département Mécénat, il va se pisser dessus de contentement.

-C'est possible, mais qu'est-ce qu'on fait de Terris ?

-Ça fait plus de six mois qu'il est en burn-out. Puisque j'exerce la présidence de Bréval jusqu'au prochain conseil, je lui envoie sa lettre de licenciement dès mardi. Du coup, le poste est vacant, il ne reste plus qu'à l'offrir sur un plateau à Letexier. »

Tartakover lève le pouce pour signifier qu'il trouve cette idée brillante. Rebulet se masse le nez de plus belle : « Si tu fais ça, c'est comme si tu déclarais la guerre ouverte avec France. Tu sais bien que Terris est très lié à la famille.

-Et alors ? Comme ça, au moins, les choses seront claires… Seulement, pour que ça marche, il faut absolument obtenir l'accord de Letexier avant mardi. C'est là que je compte sur ton pouvoir de persuasion. Tu es celui de nous trois qui le connais le mieux. »

De Mérot laisse filer un silence. Puis il place sa banderille. Il n'a jamais pu s'empêcher d'humilier les autres. Sa première femme le lui avait reproché un soir, au retour d'un dîner houleux. Il n'avait pas répondu…

« Dis donc, Raphaël, cet accident t'arrange bien, tu vas pouvoir à nouveau coucher avec ta femme. »

L'autre a reçu la pique cinq sur cinq. La mâchoire crispée, il s'efforce de sourire, ne trouve qu'une réplique pitoyable : « Pourquoi ? Je n'ai jamais arrêté. »

Il sent la haine monter en lui. Qu'Amanda l'ait trompé avec RHB ne regarde pas de Mérot, et c'est du passé. Il a toujours détesté ses manières de cosaque, dépourvu du plus élémentaire savoir-vivre. Il lâche : « Celui qui a le plus à gagner dans cette histoire, c'est toi.

-Tu as certainement raison. Mais je ne suis pas le seul, et je suis sûr que vous comprenez tous les deux où est votre intérêt... Pour en revenir à Letexier, tu le contactes immédiatement ?

-Je vais faire ça. Et je lui dis quoi exactement ?

-Tu lui promets le département Mécénat, avec une rémunération mensuelle de douze mille euros nets, des notes de frais substantielles... Ah oui, il doit évidemment signer un engagement écrit de loyauté et de confidentialité.

-Ça ne va pas être simple. Comme je le connais, il va tâcher de faire monter les enchères.

-C'est bien pour ça que tu lui proposes douze mille. Si vraiment tu vois qu'il renâcle, tu peux aller jusqu'à dix-huit. Au-delà, il ira se faire foutre ! »

De Mérot consulte sa montre. Dans quarante minutes, il retrouve Justine pour s'évader à Deauville. Tout à l'heure, quand il a quitté la maison, elle s'est inquiétée de savoir si le programme n'avait pas changé. Il l'a rassurée : « Bien sûr que non, mon amour, juste une petite réunion et je suis tout à toi ! Pour une fois que nous pouvons nous retrouver, seuls, pour deux jours, on ne va pas rater l'occasion ! »

Il murmure, comme s'il se parlait à lui-même : « Je me demande quand même ce que cette journaliste faisait avec RHB... »

Rebulet ricane : « Tu veux que je te fasse un dessin ? »

Il le regarde avec condescendance, lui explique qu'elle lui avait demandé une interview quelques jours plus tôt, pour réaliser son portrait. Rebulet fait une drôle de grimace. « C'est vrai que c'est curieux... Il y a quelques mois, tu t'en souviens, elle avait fait un portrait de RHB, plutôt complaisant. Elle voulait peut-être te présenter comme son successeur… »

De Mérot se lève, il en a assez. Il a bien l'intention de profiter de ces deux jours de liberté avant de replonger dans le grand bain fétide et agité de la banque Bréval pour y livrer le match de sa vie…

CHAPITRE 7

Dimitri a posé un léger baiser sur le front de Jean-Michel. Après cette journée à Vernouillet où il s'est défoulé sans contrainte, le gamin vient de sombrer dans un sommeil abyssal. Au salon, Sylvie est allongée sur le canapé. Elle s'est plongée dans la lecture d'un manuscrit. Depuis qu'elle est directrice de collection aux éditions Floucaud & Cie, son travail l'absorbe de plus en plus. Au point que, parfois, Dimitri se demande si elle ne l'a pas rétrogradé à la troisième marche de son podium affectif, derrière Jean-Michel et son boulot.

« Je suis content, Simon a l'air d'aller beaucoup mieux » fait-il en s'asseyant, pour amorcer la conversation.

« Mmmh ».

Visiblement, elle n'est pas d'humeur causante ce soir. Il pioche une cigarette dans le paquet, l'allume et savoure. Il a soudain envie d'un whisky, se rappelle qu'il en a vidé deux, tout à l'heure chez ses parents. Demain, il va reprendre le chemin du journal. Le bureau de

Marie-Aude restera vide. Il se demande qui Fourment, le chef du service Economie-Entreprises, va installer à sa place.

Il pense soudain à Émilien, jure intérieurement. Il a complètement oublié de l'appeler. Il le fera demain sans faute. Le pauvre gars doit se trouver dans un état pas possible. Apprendre le décès brutal de sa compagne est une épreuve pénible, encore plus si elle se double d'un soupçon d'adultère.

Dimitri écrase sa Camel dans le cendrier, se lève et lance à Sylvie : « Je vais prendre ma douche ! »

Elle grommelle une espèce d'*OK* à peine articulé. Oui, vraiment, Séville est déjà très loin…

*

Il ferme les yeux sous le jet d'eau chaude. *« La vérité sur mon père »*, cette phrase tourne en boucle dans sa tête. Il pense à Hubaud-Bréval. C'est curieux, il a le vague sentiment de l'avoir déjà rencontré, ou d'avoir écrit un article à son sujet. Mais le souvenir lui échappe…

Dans son esprit s'esquisse alors un scénario a priori séduisant. Hubaud-Bréval fait la connaissance, une trentaine d'années auparavant, de la mère de Marie-Aude. Il l'engrosse. Catastrophe. Pour éviter le scandale, puisqu'il est déjà marié à la fille de son patron et qu'il dépend d'elle pour son train de vie, il propose un confortable dédommagement financier. Elle accepte et, toute sa vie, va taire la vérité à sa fille – peut-être RHB lui a-t-il fait signer un engagement de confidentialité…

Par la suite, elle épouse un homme qui va donner son nom à la petite. Et puis, pour une raison qu'il ne connaît pas encore mais qu'il a la ferme intention de découvrir, Marie-Aude s'apprête à apprendre la vérité que sa mère lui a toujours cachée.

Alors qu'il s'essuie face au miroir heureusement embué – cela lui évite au moins de se lamenter devant la cruauté de son reflet –, il se rend bien compte des lacunes de ce scénario. À commencer par la fin, qui se résume à deux questions : quelle était la vraie raison de la présence de Marie-Aude dans l'avion de RHB, et pourquoi Biarritz ? Pour cette dernière, il a sa petite idée. Si Hubaud-Bréval était bien le père naturel de Marie-Aude, peut-être voulait-il lui offrir un week-end de confidences et de rapprochement sur les lieux, pourquoi pas ?, où il avait connu sa mère.

Ouais… Il est inutile de continuer à se creuser la cervelle ce soir. Il enfile un T-shirt, un caleçon et repart au salon. Il va quand même se verser un whisky. Juste avant d'aller au lit, cela ne pourra lui faire que du bien…

CHAPITRE 8

Maître Olivier Guillaumin est un bel homme, grand et mince, naturellement élégant. Il vient de doubler le cap de la soixantaine sans états d'âme. Ancien bâtonnier, il est inscrit au barreau de Paris depuis l'an 2000. Il y est venu sur le tard. Auparavant, il avait travaillé comme juriste dans plusieurs entreprises. La dernière était la banque Bréval. Ce n'était pas un hasard, il connaît Rodolphe Hubaud-Bréval depuis le collège. Ils ont fait du rugby ensemble, ont courtisé les mêmes filles…

Il arrête sa BMW devant l'entrée de la villa du Vésinet. L'horloge de bord marque vingt-deux heures. Ce n'est pas vraiment une heure pour rendre visite, mais il n'a pas pu se libérer plus tôt. En outre, il a plusieurs bonnes raisons de venir réconforter France Bréval. Comme Rodolphe, elle est une amie proche : il ne compte plus les repas à quatre, joyeux et bien arrosés, qu'ils ont faits ici ou à Neuilly, sans parler des restaurants étoilés. Il est aussi l'avocat de la famille depuis près de vingt ans. Enfin, sa fille a épousé Hervé.

Il soupire. Quand Stéphanie, en sanglots, lui a annoncé la mort de son beau-père et de cette jeune journaliste, il s'est liquéfié. Une foule de souvenirs sont remontés d'un coup.

Il sonne. France vient ouvrir, pareille à elle-même, la dignité faite femme. Elle a du mérite, il le sait. Il ne connaît que trop bien la vie sentimentale débridée de Rodolphe.

« Entre ! Ta visite me fait du bien. Comment va Filo ?

-Elle est désespérée de ne pas pouvoir être ici. Elle est à Lyon depuis deux jours pour un séminaire de kinés. Elle doit rentrer demain, elle passera dès que possible. »

Ils s'installent au salon. « C'est terrible à dire, Olivier, mais je n'arrive pas à avoir de la peine. Tu sais fort bien qu'il n'y avait plus rien entre Rodolphe et moi depuis longtemps.

-Pourquoi vous n'avez pas divorcé ? »

Un éclair traverse son regard. « Chez les Bréval, on ne divorce pas ! Et puis, on avait fini par s'aménager une existence pas vraiment désagréable. Rodolphe, malgré tous ses défauts, faisait tourner la banque — et plutôt bien, je pense — et moi, j'avais ma vie. Sans soucis matériels. Avec de grands restaurants en compagnie de mes amies, des croisières exotiques, des voyages organisés… Et puis surtout, il y a Hervé. Je ne sais pas si tu es au courant, mais Rodolphe avait décidé de le nommer à la tête du comité d'audit de la banque le mois prochain.

-J'ignorais.

-Hervé ne t'en avait pas parlé ?

-Non. Tu sais, quand il passe à la maison avec Stéphanie et Jérémie, on ne parle jamais de la banque.

-Je comprends. Il y a des sujets plus drôles… En fait, Rodolphe tenait à tout prix à lui confier ce poste parce qu'il lui donne la haute main sur tous les autres départements de la société, tu le sais très bien. Et puis, rappelle-toi, Rodolphe avait toujours dit qu'il céderait les rênes de Bréval quand il aurait soixante ans, et faire nommer

Hervé à la tête du comité d'audit était la dernière étape avant de lui laisser la place à la présidence de la banque. Sa décision doit d'ailleurs être entérinée au cours d'un conseil d'administration, le 10 décembre prochain.

-La… disparition de Rodolphe risque de la remettre en cause ? »

Elle hausse les épaules. « De Mérot va forcément chercher à prendre la présidence. Tu sais que Rodolphe l'appelait Poulidor, l'éternel second. Là, Poulidor va se sentir pousser des ailes.

-Tu penses qu'il peut y arriver ? »

Elle sourit avec assurance : « Bien sûr que non ! Pour réussir, il doit absolument avoir la voix d'Armand. En revenant de Tours, j'ai longuement discuté de la situation avec lui.

-Letexier t'a accompagnée à la morgue ?

-Oui. Tu le connais, c'est un vrai chevalier servant. Il ferait n'importe quoi pour moi. »

Guillaumin lâche un ricanement ironique.

Elle ajoute :« Il m'a clairement dit qu'il ne me lâchera pas, quelle que soit l'offre que va forcément lui faire de Mérot.

-Tant mieux… Si je peux t'être utile, d'une manière ou d'une autre, n'hésite pas. Hervé doit absolument succéder à son père à la présidence de la banque Bréval. Il en a toutes les qualités… Et puis il serait temps que de Mérot prenne sa retraite. Il a largement de quoi s'occuper, avec son actrice… »

Elle rit de bon cœur. « C'est vrai, mais tu le connais, il ne décrochera jamais de son plein gré. Hervé devra le mettre au pas, et sans tarder… »

Olivier Guillaumin, pensif, remue doucement la tête avant de lâcher à mi-voix : « Le hasard est parfois une vraie ordure. »

France le regarde, surprise. « Que veux-tu dire ?

-Rodolphe était un remarquable pilote. Je peux en témoigner. C'est lui qui m'a tout appris… Alors je ne vois que le hasard, la faute à pas de chance. »

Avec une moue de scepticisme, elle réplique : « Le hasard n'a rien à voir là-dedans, tu le sais bien. C'est son cœur qui a lâché, rien d'autre. »

Il approuve en silence, à demi convaincu. « C'est la conclusion des enquêteurs ?

-Conclusion, je ne sais pas. Mais c'est en tout cas l'option privilégiée, selon le commandant de gendarmerie que j'ai vu hier à l'institut médico-légal.

-Tu connaissais la fille qui était avec lui ? »

Avec un sourire douloureux, elle soupire : « Si je devais connaître toutes les maîtresses de Rodolphe… »

Guillaumin n'insiste pas. « Tu as déjà une date pour les funérailles ? Rodolphe sera enterré ici, au Vésinet ?

-J'attends d'abord des nouvelles des gendarmes. Le corps se trouve à Tours pour trois jours au moins, peut-être davantage en fonction de l'enquête. Et oui, il sera enterré ici. Normal. Notre vie est au Vésinet depuis trente ans… »

L'avocat se lève. « Bien, je vais te laisser. Et ne t'inquiète pas pour Hervé. Il fera un excellent président pour la banque Bréval. »

Elle l'approuve de la tête, mais le soupçon d'un doute voile soudain son regard. La belle assurance qu'elle affiche devant Guillaumin est un peu forcée.

*

Si elle pouvait voir son fils à cet instant, ses craintes seraient ravivées. Dans la maison de Bougival, Hervé s'est enfermé dans son bureau, au premier étage. La tête dans les mains, les yeux mi-clos, il s'abandonne au désespoir. Il sait désormais que renouer avec Stéphanie est illusoire. La détresse où elle est plongée, depuis qu'il lui a appris la mort de son père, en témoigne éloquemment. Jérémie à peine endormi, elle est partie faire une longue promenade avec

Pomys, leur berger australien. Une promenade qui a toutes les allures d'une fuite.

Il soupire, ferme les yeux. Il se revoit, vendredi matin – il y a deux jours seulement, mais ils lui semblent une éternité –, pénétrant dans le bureau présidentiel de la banque Bréval. Son père pianotait sur son smartphone, un sourire benêt aux lèvres, tel un adolescent attardé. Il avait dû accomplir un effort gigantesque pour lui dire ces simples mots : « Je dois te parler.

-Assieds-toi. »

Comme d'habitude, son père semblait parfaitement détendu. C'est à peine si son visage avait changé quand il lui avait dit sans préambule : « Je suis au courant pour Stéphanie et toi. »

Son père avait laissé passer quelques secondes avant de répondre. « C'est mieux ainsi... J'avais moi-même l'intention d'en parler bientôt, pour éclaircir la situation... »

Hervé avait été sidéré par cette réaction. Il s'attendait à des dénégations outragées, ou à l'aveu d'un *moment d'égarement,* pas à cette tranquille assurance.

Son père avait repris : « Je n'aurais jamais pensé qu'à mon âge, j'aurais pu encore tomber amoureux de cette manière. Et surtout que cet amour puisse être partagé. Je sais bien que tu dois me prendre pour un vieux salaud. Mais ce que je vis – ce que nous vivons en ce moment avec Stéphanie – est si fort qu'il est inutile de vouloir s'y opposer. »

Il l'avait écouté dérouler ses obscénités sur le ton sentencieux d'un professeur face à une classe de collégiens. Il avait quitté précipitamment son bureau afin de dissimuler son dépit, sa haine, son humiliation. Sa vie s'écroulait comme l'un de ces immeubles que les démolisseurs abattent en quelques secondes dans un épais nuage de poussière.

Le soir, en rentrant à la maison, Stéphanie ne lui avait pas accordé un regard. Le visage dur, les traits crispés, elle avait donné à manger à Jérémie avant de le mettre au lit. Enfin elle était venue s'asseoir en face de lui, au salon. « Ton père m'a tout dit ».

Il s'en doutait bien. Il avait alors l'impression que son cœur allait se décrocher de sa poitrine. Il avait avalé sa salive à grand-peine. « Que vas-tu faire ? »

Elle avait fait claquer sa langue dans sa bouche. Un tic qu'il trouvait charmant au début de leur relation. Cette fois, il avait résonné d'une manière sinistre. « Nous allons vivre ensemble… »

Elle avait accroché son regard au sien, pour lui montrer qu'elle n'éprouvait aucune honte. Elle lui avait alors asséné le coup de grâce : « Je suis enceinte de Rodolphe. »

Pour la première fois, elle avait dit *Rodolphe*. Jusque-là, elle avait toujours dit *ton père*… Il n'avait pas bronché, il pressentait cette nouvelle. Elle attendait sa réaction. Il s'était levé sans un mot et était monté s'installer dans la chambre d'amis.

Il rouvre les yeux. Son père a toujours considéré les femmes comme des objets de plaisir. Comment Stéphanie a-t-elle pu en tomber amoureuse ? Comment a-t-il pu la séduire et s'imaginer entamer une nouvelle vie à ses côtés ? Sa mort, il le sait, ne changera rien. Stéphanie va demander le divorce, il ne s'y opposera pas. En revanche, il ne la laissera pas emmener Jérémie.

Il relève la tête, comprend avec horreur qu'il est déjà en train de tirer des plans sur un avenir sans elle.

DEUXIÈME PARTIE
UNE VIEILLE PHOTOGRAPHIE

CHAPITRE 9

« Salut ! J'ai appris la nouvelle. C'est terrible ! »

Dimitri réfrène une moue de contrariété. En pénétrant dans le petit square en face du journal, il espérait s'offrir cinq minutes de tranquillité, le temps d'une cigarette en solitaire, avant d'entamer sa journée de boulot, après ces quatre jours de congé.

Séville est déjà très loin. Hier soir, Sylvie est repartie à l'attaque. Cette fois, le prétexte était une serviette humide abandonnée par terre dans la salle de bains après sa douche. Autant dire une connerie. « C'est trop difficile de la ramasser ? » Bien sûr, il aurait pu, il aurait dû. Mais il a cinquante ans, l'impression que sa vie lui échappe par à-coups. Il n'a jamais été un modèle d'ordre ni de discipline. Il espérait que Sylvie l'avait compris, il se faisait des illusions. Alors, hier soir, il a craché des mots stupides, démesurés, facilités par le whisky qu'il venait de vider d'un trait. « Aujourd'hui une serviette, et demain, ce sera quoi ? J'en ai marre, plus que marre ! Même ici, il n'y a plus moyen d'être un peu tranquille, ou simplement un peu considéré. Au boulot, c'est de plus en plus dur. On me demande d'être l'homme-orchestre de l'information, toujours au top. Drichon me fait chier, les petits jeunots qu'on paie des clopinettes rêvent de me piquer ma place si jamais je lève le pied, et toi tu me reproches une serviette oubliée ? Merde ! »

Sylvie n'a rien dit, l'a regardé avec une expression de surprise horrifiée et un si grand mépris qu'il en a été blessé. Il aurait dû lui demander de l'excuser, la prendre dans ses bras. Son stupide amour-propre – cet ennemi intime auquel il s'est soumis une fois pour toutes – l'en a empêché.

Ce matin, en quittant l'appartement pour aller travailler, elle a embrassé Jean-Michel avec une gravité inhabituelle. Régulièrement, elle lui reproche de ne pas assez s'occuper de leur fils. Pourtant, c'est lui qui l'amène à la maternelle chaque matin, avec une ponctualité royale. Avant de claquer la porte, elle a juste grogné un « *Bonne journée...* » sur un ton agacé. Alors il ne faut pas s'étonner s'il est d'une humeur massacrante

Le gars qui vient de surgir des buissons ne va pas le lâcher. Il a élu domicile dans ce square depuis quelques mois. Une gueule à la Michel Simon, toute en bouffissures, à moitié mangée par une barbe poivre et sel. Le teint grisâtre, les yeux injectés, et la puanteur du gars qui n'a pas vu une douche depuis François Hollande.

« Oui, c'est terrible…

-T'as une clope ?

-Tiens… »

D'habitude, il aime bien bavarder avec ce clochard flamboyant et cultivé. Adrien Festu, dans une vie antérieure, était un sociologue influent qui hantait les plateaux de télé comme spécialiste des mouvements sociaux. Une séparation douloureuse, une passion dévorante pour le jeu, et l'alcool l'ont amené au fond du trou. Ils avaient fait connaissance pour une cigarette. En apprenant la profession de Dimitri, Festu s'était lancé dans une analyse originale et pertinente du phénomène des gilets jaunes. Depuis, ils partagent des clopes, il lui apporte à l'occasion de quoi manger, ou le journal du jour.

« Pauvre gosse... Elle était sympa, Marie-Aude. Et jolie en plus... »

Dimitri approuve de la tête. Festu la connaissait un peu, elle aussi venait quelquefois fumer une cigarette dans le square, et lui en offrait régulièrement. Elle trouvait ce SDF *pittoresque...*

« On sait ce qui s'est passé au juste ?

-Non. D'après ce que j'ai lu, l'enquête des gendarmes est en cours.

-C'est vraiment moche... »

Il hoche la tête. Bon, il va bien falloir y aller. Il tourne les talons, lâche un salut sans joie.

Il a fait quelques pas lorsqu'il entend Festu. « Dimitri ! »

Il se retourne. « Oui ? »

L'autre se tient immobile. Il semble soudain embarrassé.

« Non, rien... Bonne journée ! »

*

Penché sur le tiroir, Dimitri réprime un sourire de satisfaction incongru dans de telles circonstances. Tout à l'heure, en entrant dans la rédaction, quand il a entendu Drichon hurler son prénom sur le ton d'une insulte, il a bien cru que la journée allait être difficile. Le rédacteur en chef lui avait sans doute trouvé une corvée bien chiante dont il a le secret. Un reportage sans intérêt ou un informateur foireux qui allait le tenir au téléphone pendant des heures. Mais il se trompait complètement.

« J'ai besoin que tu vides le bureau et le casier de Marie-Aude ! »

Il avait d'abord cru à une mauvaise blague, mais il connaissait Drichon depuis assez longtemps pour savoir que toute forme d'humour lui est étrangère. Il était resté debout devant lui, en mimant l'indignation, mais intérieurement il était très content. Dresser l'inventaire des affaires de Marie-Aude lui permettrait peut-être d'apprendre des informations intéressantes sur son dernier week-end.

En attendant, il allait s'offrir le luxe de titiller Drichon : « Pourquoi moi ?

-Parce que vous partagez le même bureau. Ça te va comme réponse ?

-Tu sais que je ne suis pas femme de ménage ? »

L'autre avait lâché un petit rire, comprenant qu'il y était peut-être allé un peu fort.

« Je sais… Si je te le demande à toi, c'est justement parce qu'il faut un journaliste expérimenté pour examiner ce que Marie-Aude conservait. Quelqu'un qui puisse faire le tri entre ce qui peut encore être utile et ce qu'il faut foutre à la poubelle.

-OK… Mais tu ne crois pas que Fourment serait davantage…

-Fourment me fait chier ! »

En sortant du bureau, il s'était rendu à la cafétéria. Il avait bien l'intention de prendre tout son temps.

Daniel Benaïssa, le chef du service Société, son supérieur direct, qui est aussi un ami, s'y trouvait, en train de lire les journaux concurrents.

« Alors, ce city trip à Séville, c'était bien ?

-Nickel ! Mais j'ai l'impression que c'est déjà si ancien. Et puis j'ai appris pour Marie-Aude. Horrible…

-Oui, on a tous eu un choc en apprenant la nouvelle… Tu as vu le dossier qu'on a publié ce matin ?

-Beau boulot… Si j'ai bien compris, la thèse de l'accident est pratiquement sûre ?

-Oui. Apparemment, Hubaud-Bréval a fait un malaise cardiaque alors qu'il pilotait… Tu étais au courant, toi, pour Marie-Aude et lui ?

-Pas du tout ! Mais on ne se faisait pas vraiment de confidences. De temps en temps, on parlait des gosses, mais c'était à peu près tout. Je me rends compte que je ne savais quasiment rien d'elle… Dis donc, tu sais que *Je pense que...*² m'a demandé de vider son bureau ? C'est n'importe quoi ! »

Curieusement, la nouvelle avait semblé amuser Benaïssa.

« Ça te fait rire ?

-Non... Enfin, oui. »

Il s'était penché vers lui et, baissant la voix : « Ça prouve que Drichon est dans ses petits souliers. Ce que je vais te dire est strictement confidentiel. Il paraît que Jolivel a l'intention de le remplacer avant le printemps.

-Ah bon ? Mais quel rapport avec moi ?

-Aucun... Enfin pas directement. Drichon a sans doute compris qu'il est sur un siège éjectable. Ça doit le mettre dans un état de nervosité pas possible. D'où son attitude avec toi ce matin.

-Eh ben, ça promet ! On connaît déjà le nom de son successeur ?

-Ça n'a évidemment rien d'officiel, mais il paraît que Fourment est en pole position

-Houlà ! Je suis pas sûr qu'on gagne au change. »

Benaïssa avait eu une petite moue. « C'est quand même quelqu'un de brillant.

-Sans doute. Mais sur le plan des relations humaines...

-Bah ! Il apprendra...

-Tant qu'on y est, tu sais déjà ce que deviendra Drichon ?

-Pas vraiment, mais je sais que Jolivel aimerait créer un nouveau département chargé de mettre en place une série de synergies avec d'autres médias. Ça pourrait être un poste tout trouvé pour *Je pense que...* »

*

---

² Étienne Drichon, le rédacteur en chef de *L'Actualité*, est surnommé ainsi par les journalistes, à cause de sa manie d'employer cette formule à tout bout de champ.

Il consulte sa montre. Midi vingt. Depuis plus de deux heures, il effectue le tri des papiers de Marie-Aude. Une sournoise douleur est en train de s'installer dans le bas du dos. Il se redresse, jette un coup d'œil autour de lui. Drichon est allé déjeuner, Benaïssa aussi. Seules les *petites mains* de la rédaction sont encore au boulot.

Il va s'offrir une pause. Il l'a bien méritée. Il rêve d'une cigarette et d'un riz cantonais chez madame Tsin, rue Collette.

Parmi les dizaines de documents qu'il a passés en revue, aucun n'a vraiment retenu son attention. Des textes indigestes, des comptes rendus de conférences de presse, des coupures de journaux ou de magazines économiques. Il a l'impression de se mouvoir dans un monde à mille lieues du sien.

Les seuls éléments intéressants qu'il a pu glaner sont liés à la vie familiale de Marie-Aude. Un dessin maladroit sur une feuille de papier A4, avec des lettres bâtons tremblées *Bonne fête maman* et le prénom Oscar. Il a pensé à Jean-Michel, qui offrira bientôt le même genre de cadeau à Sylvie…

Et puis cette photographie des jours heureux, Marie-Aude et Émilien tendrement enlacés derrière une poussette dans ce qui semble être un grand parc.

Enfin, et surtout, il a découvert un autre cliché, beaucoup plus ancien, aux couleurs passées, celui d'un homme séduisant, aux épais cheveux sombres, un peu trop longs comme on les portait dans les années quatre-vingt. Il a retourné la photo, a lu le mot *Papa*. Rien à voir avec Rodolphe Hubaud-Bréval. Impossible de se méprendre. Il a soudain le sentiment, gênant et excitant à la fois, d'entrer par effraction dans la vie de Marie-Aude. « *La vérité sur mon père* »… Cette vérité qu'elle espérait découvrir est liée à cette photographie, il en est persuadé. Il scrute ce visage inconnu comme s'il allait y trouver la réponse à ses questions. Il ressent une étrange impression, celle d'être chargé par Marie-Aude de mener à bien la mission qu'elle s'était assignée et que la mort a brutalement interrompue. « *La vérité sur mon père* »... Il se lève, va à l'imprimante collective, fait une copie de la photo de ce mystérieux *papa*.

Il revient à son bureau, ouvre une chemise de carton, y glisse les documents personnels de Marie-Aude, puis il débranche la radio qu'elle avait apportée lorsqu'elle avait été engagée à *L'Actualité*, et qu'elle n'a presque jamais écoutée. Il glisse le tout dans une boîte en carton. Il va l'apporter personnellement à Émilien...

CHAPITRE 10

Sous le ciel chagrin, même le jardin semble triste. Le front collé à la porte-fenêtre, Émilien ne bouge pas. Il ne réalise pas encore vraiment. Dans quelques jours, cela fera un an qu'il a emménagé dans cette maison d'Ormesson avec Marie-Aude et Oscar. Ils avaient alors le sentiment d'ouvrir une nouvelle page de leur vie, après quelques années passées dans un appartement trop exigu et mal aéré, dans le treizième. Marie-Aude, il le savait, aurait préféré rester à Paris. Mais ce n'était pas dans leurs moyens. Alors ils avaient négocié, cherché comme des malades, avant de trouver ce pavillon. Son grand jardin avait été un argument décisif, idéal pour canaliser l'énergie débordante d'Oscar. Émilien avait déjà imaginé son bureau où il pourrait continuer à dessiner les histoires de Charly, cet âne doté de la parole que les gosses adorent. Marie-Aude avait calculé la distance la séparant de la rédaction de *L'Actualité* et elle avait cédé, sans trop de difficulté…

Aujourd'hui, elle n'est plus là. Il ne pourra plus l'appeler *Mario*, et elle ne posera plus de légers baisers sur son crâne en lui demandant : « *Tout baigne, Milou ?* » L'autre jour, en arrivant à Chambray-lès-Tours, il a été pris d'un vertige soudain, accompagné de la sensation d'un étau comprimant son crâne. Une sueur abondante et son visage livide ont fait paniquer Lucas, son beau-frère. Par chance — si on peut parler de chance en pareilles circonstances —, ils étaient parvenus devant l'institut médico-légal. Un médecin a très vite diagnostiqué un malaise vagal. Lucas a dû reconnaître Marie-Aude, lui n'aurait pas pu.

Sur la route du retour, Lucas a parlé, beaucoup, pour tenter de le distraire, mais le cœur n'y était pas…

Il pousse un profond soupir, essuie machinalement ses larmes. Il entend la voix de Marie-Aude. Trois semaines plus tôt, elle l'avait invité dans leur pizzeria favorite. Oscar passait la soirée et la nuit chez sa tante Bérénice… À l'apéritif, il avait tout compris lorsqu'elle avait commandé un jus d'orange. Dès que la serveuse s'était éloignée, il l'avait interrogée du regard. « Tu ne voudrais quand même pas qu'une future maman boive encore de l'alcool ? » avait-elle fait avec un sourire épanoui, en posant sa main sur la sienne.

Cette fois, les sanglots brouillent sa vue. Il va s'affaler sur le canapé du salon, il ne tient plus debout. Oscar n'aura jamais le petit frère qu'il leur réclamait. À l'âge de quatre ans, il va aussi devoir apprendre à vivre sans sa maman.

Il n'a pas encore trouvé le courage de lui parler. De toute façon, il le saura toujours bien assez tôt…

Depuis quatre jours, le monde n'a plus de sens. Elle n'aurait jamais dû se trouver dans cet avion.

À peine rentré de Tours, alors que toute énergie l'avait abandonné, il avait reçu un appel dont il se serait bien passé.

« Monsieur Nocker ? Étienne Drichon, rédacteur en chef de *L'Actualité*. Je tiens, au nom de toute la rédaction, à vous présenter mes plus sincères condoléances. Marie-Aude était l'un de nos meilleurs éléments.

-Merci… »

Si ce type savait à quel point Marie-Aude le méprisait. Elle l'avait surnommé *le roquet*...Mais, puisqu'il l'avait en ligne, autant qu'il lui soit utile.

Il avait glissé : « Monsieur Drichon... Marie-Aude ne travaillait pas ce week-end ?

-Pardon ?

-Je pensais qu'elle se trouvait en reportage en Suisse pour le journal... »

Un silence, qu'Émilien avait deviné embarrassé. Il avait insisté : « Trois jours à Genève pour un congrès de je ne sais plus quoi...

-Monsieur Nocker, je ne suis pas au courant de l'emploi du temps précis de tous mes journalistes. Je vais appeler le chef du service Économie et je reviens vers vous dès que j'ai la réponse... Si le journal peut faire quoi que ce soit pour vous, n'hésitez pas. »

Drichon n'avait pas rappelé lui-même. Il avait renvoyé la patate chaude à un certain Fourment , qui devait être le chef de Marie-Aude. « Monsieur Nocker, j'ai vérifié. Votre épouse avait pris congé ce vendredi et elle devait reprendre le boulot mardi... Je suis désolé... »

*

Émilien se redresse, au ralenti. D'un pas lourd, il gravit l'escalier menant au premier étage. Juste à droite de leur chambre, il ouvre lentement la porte du bureau de Marie-Aude. Il ressent une sourde angoisse en pensant à ce qu'il risque d'y découvrir. Mais il ne sert à rien de se cacher la tête dans le sable.

Il s'arrête au milieu de la pièce, hésite. Un nouvel accès de tristesse le prend à la gorge. Ce n'est pas possible, il doit faire un mauvais rêve.

La photo d'Oscar, prise l'été précédent à Royan, trône sur le bureau, à côté de son ordinateur. Il se penche pour ouvrir le premier tiroir. Une agrafeuse, une rame de papier blanc, une paire de ciseaux : l'inventaire est vite fait.

Dans le second tiroir, parmi plusieurs dossiers de presse sur quelques grandes entreprises, il trouve une chemise orange sur laquelle Marie-Aude a écrit à la main, en lettres capitales, BREVAL. Le cœur battant, il l'ouvre. Elle ne contient qu'une série d'articles consacrés à la banque privée Bréval, plusieurs portraits de son président-directeur général. Rodolphe Hubaud-Bréval a une belle gueule de requin de la finance, une tête carrée, le regard dur, une tignasse décoiffée avec soin. Émilien, fasciné, ne peut détacher ses yeux de ce visage, qui incarne désormais à ses yeux le mal absolu. Au bout de plusieurs minutes, il se décide à refermer la chemise orange, la range dans le tiroir.

Pourquoi Marie-Aude lui a-t-elle menti ? Qu'est-ce qu'elle faisait aux côtés de ce type dans ce cercueil volant ? Elle ne pouvait pas être sa maîtresse, c'est impossible. La façon dont ils ont fait l'amour, la veille de son départ, ne laisse aucune place au doute. Entre eux, c'était la vraie passion. Alors, pourquoi avoir inventé ce reportage à Genève ?

Il sort, un à un, les livres de la bibliothèque, les ouvre pour voir s'ils ne contiennent pas de secrets cachés. Au bout d'une demi-heure, il a fait le tour du bureau. Reste l'ordinateur, avec son dossier Morand, les séances de psychanalyse... Mais il n'a pas le courage de l'ouvrir, pas maintenant. La sonnette de la porte d'entrée retentit. Il descend comme un somnambule, l'esprit ailleurs …

CHAPITRE 11

Dimitri n'a jamais mis les pieds dans le pavillon d'Ormesson. Pourtant, il lui semble le connaître grâce aux nombreuses photographies que lui avait montrées Marie-Aude. Une vieille Honda Civic est rangée dans l'allée de garage. Il reconnaît la voiture de sa consœur, qui se vantait de ne rouler que dans des *caisses pourries*. « Ma bagnole actuelle a quinze ans, et je n'ai jamais le moindre problème ! »

Marie-Aude était bien loin, alors, de se douter, que sa *caisse* lui survivrait…

Il sonne. Patiente. Émilien vient ouvrir d'un pas traînant de vieillard. Il flotte dans un immonde T-shirt anthracite orné d'une tête d'aigle aux yeux jaunes. Son jean semble aussi trop grand pour lui. La tignasse rousse en pétard posée sur un drôle de visage organisé autour d'un nez proéminent, le regard perdu, il met quelques secondes à identifier ce visiteur qui se tient devant lui, une petite caisse en carton dans les bras.

« Ah, salut Dimitri. »

Sa voix paraît plus sourde encore qu'à l'accoutumée. Autant Marie-Aude était incapable de chuchoter, autant son mari reste toujours un peu en retrait.

« Salut, Émilien. Je suis passé pour te rapporter ceci…

-Entre, ne reste pas là ! »

Dans le salon, il évacue deux revues d'un canapé et le lui désigne du regard.

« Comment vas-tu ?

-C'est plutôt à toi qu'il faut le demander.

-Que veux-tu que je te dise ? Depuis vendredi soir, je n'arrive toujours pas à réaliser. Heureusement, j'ai ma sœur et mon beau-frère… Oscar est chez eux. Je serais incapable de m'en occuper en ce moment.

-Je comprends… Il est au courant ?

-Non, pas encore… Je n'ai pas le courage… »

Dimitri voit perler deux larmes aux coins de ses yeux. « Il ne faut pas tarder, tu sais.

-Je sais… Mais c'est la première fois qu'Oscar est confronté à la mort. Il y a un peu plus d'un an, quand la mère de Marie-Aude est morte, Oscar avait à peine deux ans et demi. On ne lui a rien dit… De toute façon, il ne la connaissait pratiquement pas.

-Ah ?

-Oui, c'est une histoire de famille un peu… compliquée.

-Comme, souvent, les histoires de famille.

-Sans doute… En tout cas, c'est gentil de t'être déplacé.

-C'est la moindre des choses… Je me suis chargé de récupérer toutes les affaires personnelles de Marie-Aude. »

En parlant d'une histoire de famille compliquée, Émilien fait-il allusion à son beau-père ? Il n'ose pas le lui demander.

Émilien s'est penché sur la caisse. Il en sort le dessin d'Oscar, le regarde avec attention et se met à sangloter. Gêné, Dimitri propose à mi-voix : « Je vais te laisser, c'est peut-être mieux…

-Non, non ! Reste un peu, ça va passer... »

Émilien inspire un grand coup, s'essuie les yeux. « C'est dur, tu sais... Très dur... »

Il sort un à un les *trésors* dénichés par Dimitri, qui a glissé la photo marquée *Papa* tout en dessous. Lorsqu'il y arrive, il tique.

« Cette photo... C'est bizarre... »

Il la tourne et la retourne entre ses mains, l'air profondément troublé. Il murmure : « Comment ça se fait qu'elle la gardait au journal ? »

À ce moment, Dimitri comprend qu'il a bien fait de ne rien dire. Il prend un air détaché : « Tu peux m'expliquer ? »

Émilien redresse la tête, semble revenir à la réalité.

« Oui, excuse-moi... Tu vois, cette photo, c'est l'illustration parfaite de l'histoire familiale compliquée dont je te parlais... C'est la première fois que je la vois, j'ignorais même son existence. Au verso, c'est l'écriture de Marie-Aude, c'est bien elle qui a écrit *Papa*. Effectivement, la ressemblance physique est frappante. Mêmes yeux, même nez... Cet homme s'appelait Cédric Pressat, c'était le père biologique de Marie-Aude. Elle n'en a entendu parler qu'à l'adolescence. Jusque-là, elle avait toujours cru que Marc Février était son géniteur, alors qu'il était seulement le second mari de sa mère. Il l'avait reconnue et elle portait donc son nom. En fait, à sa naissance, Marie-Aude s'appelait donc Pressat. Quand je l'ai connue, elle m'a très vite parlé de ce père fantasmé. Elle m'avait dit : *« C'est curieux, mais il me manque. Alors que je ne l'ai pratiquement pas connu. Il est mort d'un cancer quand j'étais toute petite. Avant que ma mère m'en parle, je n'avais même aucun souvenir de lui. »* Elle m'a toujours prétendu qu'elle n'avait pas une seule photo de son père, que sa mère avait tout jeté quand elle s'était mariée avec Février.

-Pourquoi ?

-Ah ça ! Personnellement, ça fait quelques années que je ne cherche plus à comprendre les membres de la famille Février. La mère de Marie-Aude était une femme infecte. Toujours à se plaindre de son sort, à râler contre le monde entier. Et je ne te parle pas de son mari. Février est un connard, facho sur les bords. J'ai coupé tous les ponts avec eux depuis trois ans. Au cours d'un dîner de Noël où il avait pas mal picolé, Février s'en est pris à moi, en me traitant de tous les noms parce que j'avais sorti une BD sur un jeune migrant qui devait affronter le harcèlement et la violence de racistes bas de plafond. Ce con-là m'accusait de faire le jeu des *envahisseurs,* comme il les appelait ! Comme ça s'envenimait, j'ai emmené Marie-Aude et Oscar, et je ne les ai plus jamais revus. Marie-Aude, elle, a continué à les voir, de loin en loin. »

Il pousse un long soupir.

« J'aurais pu essayer de renouer les liens, pour Oscar, mais j'avoue que c'était au-dessus de mes forces… Enfin, tout ça, c'est du passé… Ce qui me tracasse, par contre, c'est cette photo. Je ne comprends pas pourquoi elle ne m'en a jamais parlé, encore moins ce qu'elle faisait à son bureau. »

Dimitri hausse les épaules en signe d'impuissance. Il sait que, dans les familles, les secrets, petits ou grands, sont comme des plaies prêtes à se rouvrir à la première occasion.

Il se sent soudain mal à l'aise. L'étonnement d'Émilien est sincère. Visiblement, Marie-Aude le tenait donc dans l'ignorance. Pour quelle raison ?

Il glisse, l'air presque indifférent : « Il faisait quoi dans la vie ? »

Émilien le regarde sans comprendre. « Qui ?

-Le père de Marie-Aude.»

Moue d'ignorance. « Eh bien… Je n'en ai pas la moindre idée… Je sais que ça peut paraître bizarre, mais je n'ai jamais pensé à le lui demander. »

Dimitri sourit, pour lui signifier que ça n'a pas d'importance. « Moi, tu vois, je suis maladivement curieux, comme tous les journalistes… Dis-moi, tu sais quand auront lieu les obsèques ?

-Oui… Vendredi, à onze heures, au cimetière Montparnasse. C'est là qu'est inhumée sa mère, et son père aussi, d'ailleurs.

-Ensemble ?

-Non, quand même pas…

-OK, cette fois, j'y vais. Si jamais tu as besoin de quoi que ce soit, je te laisse ma carte avec mon 06. N'hésite pas à m'appeler… De toute façon, on se verra vendredi… »

Émilien l'approuve de la tête. Après une courte hésitation, il fait : « Dimitri, juste un truc… À ton avis, est-ce que Marie-Aude avait…

-Une liaison avec Hubaud-Bréval ? Alors là, je peux te dire, je n'en ai jamais entendu parler.

-C'est vrai que c'est difficile à croire… Pourtant, elle m'a menti. Elle m'avait dit qu'elle partait en reportage à Genève… Alors je ne comprends pas… Je sais bien ce que tout le monde pense, même dans ma famille. Marie-Aude s'était laissé séduire par ce vieux dragueur plein aux as. Moi, je n'y crois pas. Et toi ? »

La question qu'il redoutait. Lui aussi a des doutes, mais seulement à cause de ce que lui a dit Marie-Aude l'autre soir, à la rédaction. Peut-il les exprimer à Émilien ? Il décide de se taire, inutile de le perturber davantage.

« Je ne sais pas… Franchement, je ne sais pas… »

Émilien se passe la main sur le front, hésite, puis il glisse : « Je peux te faire une confidence ? »

Décidément… Après Marie-Aude, Émilien, il doit avoir une tête de psy ou, pis encore, de confesseur. Il hoche doucement la tête.

« Marie-Aude était enceinte… De deux mois. Et, tu vois, franchement, c'est encore plus dur de me dire que je n'ai pas seulement perdu la femme de ma vie – oui, je sais bien que l'expression peut faire sourire, mais dans mon cas, elle est vraiment adaptée –, mais aussi le futur petit frère ou la future petite sœur d'Oscar. »

Dimitri avale difficilement sa salive. Émilien est à nouveau au bord des larmes.

« Je comprends, mais ça ne sert à rien de te torturer ainsi… »

CHAPITRE 12

Ce matin, Alexandre de Mérot se sent en pleine forme. Il vient de s'asseoir dans le fauteuil de RHB, teste le dossier, caresse les accoudoirs, dans ce bureau qui est désormais le sien. Et qui le restera, il va tout faire pour.

Hier, à la même heure, il marchait à longues enjambées rapides sur la plage. Il aime Deauville en automne, quand les promeneurs se font plus rares. Il a alors l'impression que la ville lui appartient. Depuis l'appel de Rebulet, la veille au soir, il se sentait euphorique et puissant. Comme il l'avait prévu, Letexier avait sauté sur son offre. Il n'avait même pas négocié les douze mille euros mensuels. « Tu l'aurais vu, lui avait dit Rebulet, il s'attendait tellement peu à cette proposition qu'il en est resté muet. C'est bien simple, j'ai craint un instant qu'il ne fasse un infar...

-Et France ?

-Il ne m'en a même pas parlé. Comme si elle n'existait plus... »

En y repensant, de Mérot se dit qu'une telle attitude est plutôt inquiétante. Il n'a jamais pris Letexier pour un modèle de fidélité, mais s'il est capable de trahir une vieille amie sans l'ombre d'une hésitation, il pourra retourner sa veste à la première occasion.

Il ne devra pas lui en laisser le temps. Dès que le pouvoir aura changé de mains à la banque Bréval, il se débarrassera de lui vite fait. Il a la certitude que les planètes s'alignent enfin, il ne va laisser personne le priver de cette jouissance.

Il allume l'ordinateur de RHB. Depuis le temps qu'il attendait cet instant. Tout à l'heure, il a fait l'amour à Justine avec un sentiment de toute-puissance, d'invincibilité, qui ne le quitte plus depuis la mort de Hubaud-Bréval. Il pose les mains bien à plat sur le sous-main ouvragé.

En arrivant au siège de la banque Bréval, il a pourtant hésité. N'est-il pas prématuré de s'installer dans le bureau présidentiel avant même les obsèques ? Ne risque-t-il pas de s'aliéner les derniers soutiens de RHB ? Il a vite balayé ces objections. Après tout, il est le boss. Il doit marquer très vite son territoire.

Il décroche le téléphone. « Nathalie, vous pouvez venir, s'il vous plaît ? »

La cinquantaine, boudinée dans un tailleur qu'elle a dû dénicher dans une friperie vintage à Saint-Ouen, la gueule artificiellement bronzée comme son patron, et déjà figée par des liftings bon marché, Nathalie Gaumais est la secrétaire personnelle de Hubaud-Bréval depuis plus de vingt ans. Elle sait tout sur tout le monde et jouit de son pouvoir de nuisance avec aplomb. Elle entre sans frapper, les traits durs et le regard réprobateur. Voir de Mérot occuper la place de RHB est un affront qu'elle compte bien venger.

« N'oubliez pas de frapper avant d'entrer, Nathalie. C'est un usage qu'il est bon de conserver. »

Rien d'autre. Il la laisse s'avancer, raide, ses yeux cherchant les siens pour un duel muet. Elle s'arrête à un mètre du bureau. Attend.

« J'ai besoin du code d'accès à l'ordinateur de Rodolphe ».

Elle ne bronche pas. S'il espérait la déstabiliser, c'est loupé. Cette femme est un roc, un bloc de haine, celle qu'elle éprouve pour lui à cet instant et qu'elle affiche comme une décoration. De toute façon, son sort est scellé. Il ne peut pas la garder auprès de lui, il devra trouver une secrétaire tout entière à sa dévotion.

« C'est une plaisanterie ? » Elle a une voix plutôt grave, dont elle joue en virtuose. Dans ces trois mots, elle a réussi à faire passer son mépris et sa colère froide.

De Mérot sourit. Il sait qu'il est le plus fort. Elle aussi l'a compris. Son attitude hautaine est juste un baroud d'honneur, une manière de ne pas perdre la face. Il aime affronter une telle adversaire, à l'opposé des lèche-bottes qui constituent son ordinaire.

« RHB ne vous faisait donc pas confiance ? Il ne tenait pas à partager ses secrets avec vous ? Il avait sans doute ses raisons… Allez donc vaquer à vos occupations, tant que vous en avez encore ! »

Elle tourne les talons et sort sans un mot.

Il décroche le téléphone, compose l'extension de Tartakover. « Régis, je t'attends. »

*

Régis Tartakover a surpris le regard noir de Nathalie Gaumais lorsqu'il est entré dans son bureau, l'antichambre du saint des saints. Il a pris un malin plaisir à glisser, avec un sourire hypocrite : « Le président m'attend. » Elle n'a rien dit, ne s'est pas levée pour l'annoncer. Alors il a lui-même frappé deux coups légers sur la porte marquée « Présidence ».

Il ne s'est jamais senti aussi bien. La disparition de RHB lui ouvre des perspectives radieuses. Avec Alex, il vit une relation professionnelle sans nuage depuis sept ans. Il entretient avec lui un rapport presque filial, important pour lui qui a connu un père absent, dont le seul mérite a été de mourir à la veille de son cinquantième anniversaire, lui laissant un appartement luxueux avenue Hoche et un capital non négligeable. C'était en 2011. Il avait croisé Alex au cimetière et avait aussitôt été impressionné par sa prestance, son aisance naturelle, une manière de bouger qui révélait une grande assurance. « Alexandre de Mérot, vice-président de la banque Bréval. Je tenais à vous présenter mes sincères condoléances. J'ai bien connu votre père. C'était un homme remarquable… »

Il l'avait regardé s'éloigner avec, déjà, une idée derrière la tête. Un an plus tard, il l'avait appelé en se disant qu'il n'avait rien à perdre. Il venait de se faire virer de la banque Grimard-Ledieu après l'échec d'une opération boursière trop risquée.

Alex l'avait accueilli avec chaleur, comme s'il l'attendait depuis toujours. Pourtant – il le lui révélerait en riant quelques mois plus tard – il était au courant de ce qui constituait une vraie faute professionnelle. « Qui ne fait pas d'erreurs ? Quand je t'ai vu entrer dans mon bureau, en jouant si mal le type sûr de soi, tu m'as à la fois fait pitié et impressionné. Tu imagines bien que j'avais pris mes renseignements. Chez Grimard-Ledieu, un de mes bons amis s'était fait un plaisir de te démolir. Mais je m'en moquais. Pour moi, le plus important était que tu sois le fils de Simon Tartakover. Je ne sais pas quelle a pu être la nature de tes relations avec ton père, mais professionnellement, je peux te dire que c'était une pointure, un type sérieux, fiable. Comme dit l'adage, bon sang ne peut mentir. Je m'étais dit quand même : s'il entre la tête basse, avec la gueule du type qui va à l'abattoir, je le vire au bout de trois minutes. Au lieu de ça, tu as joué les durs. J'ai apprécié. Et puis, il y a une règle dans la vie : chacun apprend de ses échecs. Je savais que la connerie que tu avais faite chez Grimard-Ledieu, au moins tu ne la ferais pas chez nous… »

Ce qu'Alex s'était bien gardé de lui dire, c'est qu'il avait besoin de quelqu'un à sa dévotion pour le soutenir dans sa guerre contre le clan Hubaud-Bréval. Cela, il l'a compris assez vite, le jour où Alex, lors d'un rendez-vous secret à Deauville, avec injonction d'une confidentialité totale, lui a proposé de partager à trois, avec Rebulet, les très confortables commissions sur les opérations réalisées pour le compte des clients de la banque, ainsi que d'aussi confortables notes de frais, quadruplant ainsi son salaire officiel.

Il n'a pas hésité longtemps. Se voir offrir une telle opportunité, quand on a vingt-huit ans, est une chance qu'il faut savoir saisir. Évidemment – il n'est pas idiot –, il s'est bien douté que de tels avantages étaient destinés à s'attacher sa fidélité inconditionnelle et qu'ils n'étaient sans doute pas très réguliers. Mais il avait accepté, sans états d'âme, d'autant plus qu'il avait déjà jugé RHB. Superficiel, seulement préoccupé de ses maîtresses, de sa passion pour le vol de loisir. Le vrai patron de Bréval, c'était Alex, sans le moindre doute. RHB signait les documents en se contentant d'y jeter un œil distrait. Aussi longtemps que la banque tournait avec un rendement satisfaisant, il était content. Dans ces conditions, il n'y avait pas à hésiter.

Alex le regarde entrer, attend qu'il ait refermé la porte derrière lui pour lancer : « Bonjour, monsieur le vice-président ! »

Son cœur fait un bond dans sa poitrine. Il espérait une promotion, il ne pensait pas qu'elle serait si rapide ni si importante. Il s'avance jusqu'au bureau, se penche pour serrer la main d'Alex.

« Assieds-toi ! Chouette bureau, non ? J'ai l'impression que j'y suis plus à ma place que mon prédécesseur.

-C'est certain... »

Alex a un sourire d'enfant découvrant la mer. « J'ai réfléchi ce week-end. Le poste de vice-président t'ira comme un gant.

-Et Raphaël ? »

La question lui est venue naturellement aux lèvres. Jusqu'à présent, ils ont fonctionné en trio. Comment Rebulet va-t-il prendre la nouvelle ?

« Je m'en fous. Il fera ce que je lui dis de faire, comme toujours. »

*

Dès que Tarta a quitté le bureau, de Mérot déplie *L'Actualité*, qu'il a pris en passant dans l'antichambre, sur le guéridon où toute la presse est soigneusement classée chaque matin. Il va immédiatement à l'interview de France Bréval. Il passe les banalités d'usage pour en arriver aux dernières questions, les seules dignes d'intérêt.

« -Madame Bréval, comment se présente l'avenir de la banque après la disparition soudaine de son président ?

-Vous savez, la banque Bréval a été fondée par mon grand-père en 1934, mon père lui a succédé en 1965. En 1991, mon père, qui était jeune encore puisqu'il n'avait que cinquante-sept ans, est mort subitement, d'une rupture d'anévrisme. À l'époque déjà, nous nous sommes donc retrouvées, avec ma mère, face à une urgence qu'il a fallu gérer. La décision a alors été prise très vite de confier la présidence à mon mari. La situation actuelle n'est donc, hélas, pas nouvelle.

-Vous savez déjà qui succédera à votre mari ?

-Eh bien oui. Rodolphe avait eu soixante ans il y a quelques mois. Depuis deux ans déjà, il avait annoncé sa volonté de se retirer à cet âge. Il attendait simplement que notre fils unique, Hervé, qui travaille à la banque Bréval depuis quatre ans, ait accompli ce que son père appelait son 'parcours initiatique'.

-C'est-à-dire ?

-Hervé a travaillé dans tous les secteurs de la banque. Il les connaît désormais parfaitement et, d'ailleurs, il est prévu que le prochain conseil d'administration de la société, qui aura lieu le 10 décembre, le nomme au poste de directeur du comité d'audit. Ce qui fera de lui le numéro deux de l'organigramme. Et Rodolphe avait déjà affiché son intention de quitter la banque Bréval au mois de mai prochain et de faire nommer Hervé à la présidence. Ce qui assurera la continuité dans la gestion, avec l'arrière-petit-fils du fondateur. »

De Mérot hoche la tête, pensif. Ce n'est pas mal joué de la part de la veuve. Elle a juste oublié un petit détail : depuis le week-end, Armand Letexier est passé dans son camp avec armes et bagages. Elle n'a plus de majorité, et son cher fils va se faire dégommer au prochain C.A....

De Mérot ferme les yeux. Quand il était jeune, il adorait jouer aux échecs. À l'âge de vingt ans, il avait même participé au championnat de France. Il a toujours aimé la stratégie, mais il a longtemps manqué de patience, ruinant souvent ses efforts par excès de précipitation. Cette fois, il ne commettra pas d'erreur. Il possède toutes les cartes en main. Pour un peu, il se verrait bien dans la peau de Bonaparte au pont d'Arcole. Ou, mieux, dans celle de De Gaulle à la veille du 18 juin.

*

Installée dans le jardin d'hiver de la grande villa du Vésinet, France Bréval partage le petit-déjeuner avec son fils.

« Alors, les grandes manœuvres ont commencé ? » Hervé Hubaud-Bréval plante son regard bleu clair dans celui de sa mère. Une fraction de seconde, elle a l'impression de retrouver Rodolphe tel qu'il était à trente ans, séducteur, charmeur, et très amoureux alors. Elle lui trouve pourtant une mine terrible. Même si elle connaît bien l'hypersensibilité de son fils, elle n'aurait pas cru que la mort de son père le toucherait autant.

Elle répond, sur le ton de l'évidence : « Oui. Il fallait s'y attendre.

-Tu ne crois pas que c'est un peu maladroit d'être sortie du bois comme tu l'as fait dans cette interview ?

-Au contraire. Je ne révèle aucun secret, mais je rends plus difficiles les combines d'Alexandre. Tu sais aussi bien que moi que nous sommes engagés dans une guerre à mort. C'est lui ou nous, ou plutôt toi. Et dans la guerre, tous les moyens sont permis. »

Il hoche la tête en silence. Il semble pensif. Sa mère sait qu'il manque de détermination et, ce qui est plus ennuyeux, d'ambition. Seul face à des requins comme de Mérot et ses sbires, il risque de ne pas faire le poids.

« Ce qu'Alexandre ignore, reprend-elle, c'est que nous avons une carte maîtresse... et l'effet de surprise.

-Tu es sûre d'Armand Letexier ? Absolument sûre ?

-Totalement. Il t'a bien appelé hier soir ?

-Oui. Il m'a dit que je pouvais compter sur lui et que j'aurai sa voix au conseil d'administration… Mais, je ne sais pas pourquoi, je ne le sens pas tout à fait. »

Elle rit. « C'est le problème d'Armand. Depuis tout jeune, il a toujours eu une tête de faux cul. S'il avait fait du théâtre, on l'aurait cantonné dans les rôles de traîtres. Mais il n'y a pas plus fidèle. N'oublie pas que ton père et lui se connaissaient depuis l'école primaire. Armand est plus qu'un ami. La meilleure preuve, c'est qu'il m'a appelée dès qu'il a été contacté par Rebulet. Je lui ai conseillé d'accepter son offre… Si bien que les autres s'imaginent maintenant avoir fait basculer la majorité. Le 10 décembre, ils feront une drôle de tête quand Armand votera ta nomination au comité d'audit.

-Je l'espère… »

En quittant sa mère, Hervé Hubaud-Bréval s'injurie intérieurement. Il devrait lui parler, tout lui dire sur les relations entre son père et Stéphanie, leur divorce inéluctable, la fatigue immense qui l'enveloppe dès le matin. Il n'ose pas. Peut-être a-t-il hérité d'elle cette lâcheté, ou plutôt cette faculté de détourner le regard à certains moments.

Et puis il y a cette foutue banque… Il se sent prisonnier d'un rôle et d'un manteau trop grands pour lui. De toute façon, sans la présence de Stéphanie à ses côtés, plus rien n'a d'intérêt. Sauf Jérémie…

CHAPITRE 13

Drichon semble radouci ce matin. Il a même quitté son bureau pour venir s'asseoir en face de Dimitri, sur la chaise de Marie-Aude. Il a ouvert les tiroirs, a constaté qu'ils étaient vides.

« Beau travail… Tu as trouvé des documents intéressants ? »

Et comment ! Mais ça ne te regarde pas. Tout haut, il répond : « J'ai transmis tous les dossiers relatifs aux entreprises à Aymeric Fourment. »

Au seul énoncé de ce nom, le rédacteur en chef se fige. Désormais, Dimitri l'a bien compris, c'est la guerre totale entre ces deux rivaux. Drichon lâche : « J'aimerais que tu représentes le journal aux obsèques de Marie-Aude.

-Pas de problème. Et toi ?

-Je serai là aussi, bien sûr. C'est nous qui représenterons officiellement *L'Actualité.* »

Dimitri n'insiste pas. Il comprend qu'en le désignant, il cherche à mettre Fourment dans le doute et l'embarras.

Une fois Drichon reparti dans son bureau, il ouvre son ordinateur, tape le nom Cédric Pressat. Mais, à cet instant, son portable se met à vibrer.

« C'est moi » fait Sylvie. « Je n'ai pas beaucoup le temps… Ce soir, je dois dîner avec un nouvel auteur de Floucaud & Cie. Tu as tout ce qu'il faut dans le frigo pour Jean-Michel. Je te laisse… »

L'appel est terminé. Il repose l'appareil sur le bureau.

Hier soir, en ouvrant la porte d'entrée de l'appartement, il a été accueilli par les cris de joie de Jean-Michel, qui s'est précipité à sa rencontre, les bras ouverts, en hurlant : « Papa est rentré ! Papa est rentré ! »

Il l'a emporté dans ses bras, l'a couvert de baisers. Au salon, Sylvie était assise en tailleur sur la moquette, elle rangeait des cubes en bois dans leur boîte. Elle a poursuivi sa tâche sans relever la tête, comme s'il n'existait pas.

Dimitri s'est penché et a déposé un baiser dans la masse de ses cheveux blonds.

« Bonsoir, mon amour, ta journée s'est bien passée ? »

En rentrant d'Ormesson, il avait imaginé cent fois cette scène, avec une appréhension acide. Il connaît Sylvie, elle n'est pas du genre à rendre les armes sans combattre. Elle devait être sûre de son bon droit après la scène de la veille. C'était donc à lui de faire le premier pas, en remisant pour une fois son amour-propre au placard.

« Ça va… »

Elle avait lâché ces deux mots sur un ton las. Il s'était dit que c'était le moment. Jean-Michel avait quitté ses bras pour se remettre à courir autour du canapé, indifférent à la tension entre ses parents. Il s'était agenouillé et, avec un sourire censé exprimer son amour et ses regrets : « Je suis désolé… Je ne pensais pas ce que je t'ai dit hier soir… »

Il avait attendu sa réaction. Sans se presser, elle avait fini de ramasser les cubes. Elle avait redressé la tête, l'avait regardé, le visage fermé. « Tu crois que c'est facile pour moi ? Le petit, les courses, la cuisine, le travail… Et toi qui te fous de tout… »

Il avait fait une moue de contrition. Faire le gros dos était la seule attitude intelligente dans une telle situation.

« Je sais bien que tu n'arrêtes pas. Je m'en rends bien compte. Dis-moi ce que je peux faire pour t'aider. »

Ses traits s'étaient un peu détendus. À peine, mais c'était encourageant.

« Tu pourrais déjà commencer par ranger tes serviettes de bain, et aussi ne pas laisser traîner tes mégots dans le cendrier, je n'ai pas envie que Jean-Michel s'étouffe un jour avec une de ces saloperies. »

Il s'était avancé vers elle pour déposer un léger baiser sur sa bouche. « Je te promets… » Mais, au dernier moment, Sylvie s'était relevée, le laissant dans une posture ridicule. « Je n'ai pas eu le temps de faire des courses, alors on va décongeler deux pizzas ! »

Au lit, elle lui avait ostensiblement tourné le dos. Et, ce matin, cet appel…

Il soupire en silence. Sur l'écran, le moteur de recherche affiche les résultats pour *Cédric Pressat*. Comme il le craignait, le père biologique – ou supposé tel – de Marie-Aude est un parfait inconnu. Il trouve bien quelques homonymes, dans plusieurs régions, mais tous sont vivants et plutôt jeunes.

À cet instant, le téléphone de bureau de Marie-Aude se met à sonner. Dimitri grogne, mais prend l'appel.

« Je suis bien à *L'Actualité* ?

-Oui monsieur…

-J'aimerais parler à monsieur Boizot. »

Il tique. Pourquoi cet homme a-t-il formé le numéro direct de Marie-Aude ?

« C'est moi…

-Ah ! Monsieur Boizot, je ne sais pas si vous vous souvenez de moi, c'est déjà si lointain… »

Il gonfle ses joues et expire lentement, en silence. Encore un de ces casse-couilles qui va tenter de le relancer sur une affaire sans intérêt. Et qui prend son temps, en plus.

« Je vous écoute !

-Franck Paulet, vous vous rappelez ?

-Non.

-Vous étiez venu à la maison… C'était en juin 2000… »

Il lève les yeux au ciel : l'an 2000, autant dire la préhistoire !

« Vous aviez fait un article sur ma fille, qui avait été violentée par Rodolphe Hubaud-Bréval… »

Tout à coup, la lumière se fait dans son esprit. Voilà pourquoi le nom de Hubaud-Bréval lui disait quelque chose. Une histoire sordide, qu'il avait quasiment oubliée, lui revient en mémoire. L'histoire d'une gamine d'à peine vingt ans, qui travaillait à la banque Bréval et avait suivi son patron à l'hôtel. Dans la chambre, lors d'ébats tumultueux et sans doute violents, elle avait fait une lourde chute qui l'avait laissée paralysée à vie.

« Je me souviens, en effet… »

Il attend la suite, car il y en aura forcément une.

« Monsieur Boizot, j'ai appris le décès de votre jeune collègue dans l'avion de Hubaud-Bréval. J'ai lu tous les articles sur l'accident. Personne ne rappelle que ce salaud était aussi un assassin. Il était déjà responsable de la mort de Laura. Et maintenant, encore une autre… »

Dimitri bondit. « Monsieur Paulet, votre fille est morte ? »

Un silence, puis un mot chuchoté : « Oui… »

Une petite voix intérieure lui murmure : « Vas-y, fonce ! Tu tiens sans doute un bon sujet ! »

Sans réfléchir davantage, il lance : « Monsieur Paulet, je peux venir vous voir pour en parler ?

-Je ne demande pas mieux… »

*

Une heure plus tard, il arrête sa voiture dans une petite rue d'Arcueil, bordée de pavillons sans grâce. Il ne se rappelait même pas être déjà venu ici. La maison des Paulet est en bout de course, encore un effort et elle pourra être classée insalubre.

Quand Dimitri frappe à la porte d'entrée, après avoir en vain tenté d'actionner la sonnette, il entend une voix d'homme lancer « J'arrive ! »

En ouvrant, Franck Paulet ne tente même pas de donner le change. C'est d'une voix fatiguée qu'il lâche : « Entrez, monsieur Boizot !»

Étrangement, l'intérieur de la maison sent le propre, un mélange de produit nettoyant et d'encaustique. Tout est rangé, à sa place. Une télévision à écran géant est accrochée à un mur. Assise à la table de la salle à manger, Marion Paulet, clone pathétique de son mari, lève à peine les yeux pour le regarder entrer.

Avec un geste esquissé de la main, Paulet glisse : « Mon épouse… C'est le journaliste de *L'Actualité.* »

Franck et Marion Paulet ont l'air de ce qu'ils sont vraiment, deux personnes que la vie a abîmées, détériorées une fois pour toutes. La soixantaine, courbés, le regard en permanence au ras du sol. Des gueules cabossées, le teint gris, des vêtements trop portés.

Dimitri remarque alors, alignées sur un dressoir, six grandes photographies, reflets morbides d'une existence inachevée.

Laura bébé, avec dans les mains un ours en peluche aussi grand qu'elle. Laura à six ans, souriant sous une frange blonde pour une photo scolaire. Laura à dix ans, vêtue d'un T-shirt Mickey rose, sur une plage ensoleillée, entre deux adultes qui la tiennent chacun par une main, Franck et Marion sans aucun doute, tellement loin de ce qu'ils sont devenus. Laura adolescente, en maillot deux pièces, au bord d'une piscine en compagnie de deux amies, ou de deux cousines. On la sent déjà consciente de sa beauté et de son charme. Laura à vingt ans, dans une robe légère, en train de prendre le soleil dans ce qui devait être le jardin de ce pavillon avant de se transformer en jungle. Laura à trente ans, enfin, le sourire moins assuré, les traits empâtés, clouée sur un fauteuil de cuir noir qui trône encore dans un coin du salon, comme une relique.

Dimitri a soudain envie de pleurer, vaincu par l'insondable tristesse qui émane de ces clichés, de cet intérieur, de ce couple.

Franck Paulet s'est assis face à lui. « Tu pourrais proposer quelque chose à boire à monsieur » murmure son épouse.

« Excusez-moi… Vous voulez une bière ? »

Fidèle à sa théorie du rapprochement par la boisson, il accepte. Pendant que Paulet se rend à la cuisine, Dimitri sourit à son épouse. « Laura était une très jolie fille… »

Ces quelques mots déclenchent une montée de larmes. Elles hésitent un instant, puis dévalent sur son visage. Marion Paulet ne semble pas les sentir. Elle déglutit. « J'ai toujours su… J'ai une sorte de sixième sens… Laura parlait de ce… avec tellement d'admiration… On bouffait du Hubaud-Bréval à tous les repas… »

Son mari revient, pose une canette de bière devant Dimitri, qui le remercie d'une inclinaison de la tête.

Franck Paulet a sorti une coupure de journal. Dimitri reconnaît l'entrefilet qu'il avait rédigé à l'époque sous le titre : *« Plainte contre un banquier parisien. »* Il lit : *« On a appris ce mardi qu'une plainte visant le président d'une banque privée parisienne a été déposée auprès d'un juge d'instruction de Paris, avec constitution de partie civile. Les plaignants, Franck et Marion P., accusent le banquier d'être responsable d'un accident ayant provoqué un handicap permanent de leur fille Laura (23 ans). Selon eux, dans la soirée du 5 mai dernier, leur fille a fait une lourde chute alors qu'elle se trouvait dans une chambre d'hôtel du 5ème arrondissement en compagnie de ce banquier, âgé de 40 ans, qui est également son employeur. Selon les plaignants, la chute serait consécutive à des coups qui auraient été portés par son compagnon. A la suite de cette chute, la jeune fille est désormais tétraplégique.*

Contacté par nos soins, Me Olivier Guillaumin, l'avocat du banquier, dément formellement toute responsabilité de son client dans cette affaire. S'il admet que son client se trouvait bien dans cette chambre en compagnie de Laura P., celle-ci serait tombée alors qu'elle était en état d'ébriété. Il dément également que des coups lui aient été portés. »

Il lâche à mi-voix : « Oui, je me souviens bien… »

Franck Paulet reprend l'article et fait. « Laura avait vingt et un ans quand elle a été engagée à la banque Bréval. Elle venait de terminer ses études, c'était son premier poste, secrétaire. Elle était sur un nuage… Nous aussi, la voir si heureuse, dans une société solide… Avec sa mère, on se disait qu'on avait réussi son éducation, on la voyait déjà mariée, avec des enfants… Comme tous les parents… Mais ça n'a pas duré… Elle est tombée amoureuse de son patron.

-Hubaud-Bréval ?

-Oui… Au début, elle nous en parlait à demi-mot… »

Son épouse le coupe alors : « Mais j'avais déjà tout compris… Quand elle nous a dit qu'il avait quarante ans, j'ai tout de suite su qu'il ferait son malheur… Je le sentais. J'ai bien essayé de la raisonner, de lui dire qu'il était trop vieux pour elle. Vous pensez, à deux ans près, il avait l'âge de son père ! Mais Laura n'en démordait pas… »

Elle se tait d'un coup, comme si tout était dit. Franck Paulet reprend : « Un jour, c'était le 5 mai 2000, un vendredi, sur le coup de vingt-trois heures, vingt-trois heures trente, on a reçu un coup de téléphone de l'hôpital Tenon. Laura y avait été emmenée après une chute. On y est allés à toute vitesse. Laura était inconsciente, le médecin qui était là nous a dit qu'elle avait fait une chute contre un radiateur dans une chambre d'hôtel. Nous, on ne comprenait pas.

-Si, moi j'avais déjà tout compris ! Ce… » Son épouse s'interrompt. Il secoue la tête avec une moue de dégoût, reprend : « Il l'avait emmenée à l'hôtel pour… » Nouvelle interruption, certains mots refusent obstinément de franchir ses lèvres. « Là, pendant qu'ils… Laura est tombée. Violemment, très violemment même. Vous imaginez la violence de ce porc… »

Dimitri écoute les confessions de ce couple qui doit vivre avec ces souvenirs et ces images depuis près de vingt ans. D'un sourire, il tente de les assurer de sa compassion.

Franck Paulet poursuit : « Le lendemain, on a su que Laura avait perdu l'usage de ses jambes. Quand on vous annonce une nouvelle pareille, c'est comme si votre vie s'arrêtait d'un seul coup. Laura n'a plus jamais travaillé, elle est restée chez nous. Et puis, un jour, il y a trois ans, le 17 juillet 2016, un dimanche, elle a profité que sa mère et moi étions allés rendre visite à la famille pour avaler un tas de saloperies. »

Il se tait, se tourne vers sa femme. Ils échangent un regard de complicité douloureuse. Dimitri laisse filer quelques secondes. « Pardonnez ma question, mais la plainte que vous aviez déposée à l'époque, qu'est-ce qu'elle a donné ? »

Franck Paulet ricane, amer : « Rien du tout, évidemment ! Même votre article, à l'époque, n'a rien changé. Notre plainte a été classée sans suite, faute de preuves soi-disant. Faute de preuves ! Alors que l'avocat de Hubaud-Bréval était venu nous proposer un dédommagement ! »

Son épouse intervient : « Laura m'avait avoué que… qu'il l'avait obligée à faire des choses qu'elle ne voulait pas. Mais elle n'osait pas refuser… Vous vous rendez compte ! Et il a eu le culot de nous proposer de l'argent ! Mon mari a foutu l'avocat à la porte en le traitant de tous les noms… Moi je voulais lui faire un procès, qu'il paie pour ce qu'il avait fait… On est allés porter plainte. Mais tout le monde s'en foutait. »

Dimitri vide sa bière d'un trait. Il a comme une boule dans la gorge. La détresse de ces gens le bouleverse.

« Bien… Je ne vous cache pas que ce sera difficile de faire un article sur votre fille, trois ans après son décès…»

La réponse de Franck Paulet fuse : « Je le sais bien. De toute façon, il est trop tard pour tout le monde… Pour Laura, pour nous… Pour Hubaud-Bréval aussi… On voulait juste que vous soyez au courant, que vous compreniez qui était vraiment ce salaud, qui a la mort de deux jeunes femmes innocentes sur la conscience… Nous, on n'attend plus rien, vous savez. La vie s'est arrêtée une première fois le 5 mai 2000, une seconde fois le 17 juillet 2016. Après… »

CHAPITRE 14

Sur la route du retour vers le journal, Dimitri est plongé dans ses pensées. À l'époque, cette affaire n'avait pas déchaîné les passions. Aujourd'hui, Laura Paulet aurait été invitée sur les plateaux de télévision, et Hubaud-Bréval aurait dû répondre de ses agissements. En l'an 2000, on préférait taire ce genre de comportement. Et puis, il faut admettre qu'Olivier Guillaumin, l'avocat de RHB, est du genre coriace et agressif. Dimitri se souvient bien d'une soirée remontant à une bonne dizaine d'années. Il était de permanence à la rédaction. Guillaumin avait déboulé, furieux, en brandissant la copie d'un article qui allait paraître le lendemain matin, mais dont un large extrait était paru deux heures plus tôt sur le site Internet de *L'Actualité*.

« Qu'est-ce que c'est que cette merde ? » Cramoisi, l'air menaçant, l'avocat s'était avancé vers lui. Dimitri l'avait regardé approcher en s'efforçant d'afficher un air impassible. Il avait même réussi à sourire en disant : « Vous n'avez pas l'air content, maître Guillaumin. »

Son calme apparent l'avait désarçonné et c'est sur un ton plus bas qu'il avait ajouté : « Vous avez déjà entendu parler de la présomption d'innocence ? »

Comprenant qu'il avait gagné leur duel, Dimitri avait répondu, très calme. « Si vous avez bien lu l'article, vous avez forcément vu que je parle d'un présumé escroc, et que j'utilise le conditionnel. Précaution oratoire puisque vous savez aussi bien que moi que votre client a bel et bien grugé une dizaine de petits épargnants... Cela dit, s'il apparaît que Marius Pellordet est innocent, je l'écrirai sans hésitation. »

Guillaumin, dont l'haleine était fortement alcoolisée, avait fini par battre en retraite. Pellordet avait été condamné à cinq ans de prison ferme. Depuis lors, l'avocat ne manque jamais de le saluer lorsqu'ils se croisent dans les couloirs du palais de justice, comme s'il avait découvert en lui un adversaire à sa mesure.

C'est peut-être le moment de se rappeler à son bon souvenir... Il compose le numéro de son portable. « Olivier Guillaumin.

-Bonjour maître, Dimitri Boizot, de *L'Actualité.*

-Ah oui... Vous allez bien ?

-Oui, je vous remercie. J'ai juste une petite question : je viens de rencontrer les parents de Laura Paulet, vous voyez qui c'est ?

-Non...

-Mais si ! Ils avaient déposé plainte contre RHB qui avait rendu leur fille paraplégique à la suite d'ébats un peu... appuyés. »

Silence. L'avocat attend la suite.

« Eh bien, Laura est morte, et les parents rendent Hubaud-Bréval responsable de son décès. À l'époque, leur plainte avait été classée sans suite. Et je me demandais si vous aviez réussi à lui éviter d'autres procès pour harcèlement sexuel.

-Vous plaisantez ?

-Pas du tout.

-Alors nous allons en rester là ! Bonne journée ! »

Dimitri sourit. Il ne s'attendait évidemment pas à ce que l'avocat réponde avec franchise à sa question. Il va donc s'efforcer d'y trouver lui-même la réponse...

*

À *L'Actualité,* Inès Gomez est la souveraine d'un royaume souterrain. Depuis toujours, le service de documentation du journal est installé au sous-sol de l'immeuble, dans un grand local sans fenêtres, un peu oppressant.

Par chance, Inès n'est pas claustrophobe et, comme elle n'est pas particulièrement sociable, sa solitude lui convient bien. Elle limite d'ailleurs ses relations avec ses collègues au strict minimum. Seul Dimitri trouve grâce à ses yeux. Contrairement aux autres journalistes, il ne l'a jamais écrasée de son mépris. Cinq ans plus tôt, elle lui a même demandé d'être témoin à son mariage.

C'est ainsi qu'il a fait la connaissance d'Esther, avec qui Inès partageait son existence depuis plusieurs années déjà.

Ce matin, lorsqu'il entre dans son bureau, il la trouve exceptionnellement souriante. Il se penche pour l'embrasser. « Salut ma belle ! Tu m'as l'air rayonnante. »

Elle lève les yeux vers lui, son visage de vieille fille revêche illuminé de l'intérieur. « Je croise les doigts, mais cette fois ça y est ! »

Il n'a pas besoin de précisions. Il sait que, depuis deux ans, les deux femmes rêvent d'un enfant. Trois premières tentatives de PMA en Belgique ont déjà échoué.

« C'est pour quand ?

-Si tout se passe comme prévu, Esther accouchera le 25 juin.

-Génial ! Je suis vraiment content pour vous !

-Merci. Il ne reste plus qu'à prier…Si tu savais comme on l'espère, ce gosse.

-Je sais… Dis donc, on va pouvoir aller fêter ça avec un déjeuner chez le nouveau japonais du boulevard Bessières.

-Et comment ! Et toi, ça va ? Sylvie et Jean-Michel vont bien ? »

Il élargit son sourire. Ce n'est pas la peine de l'ennuyer avec ses problèmes de couple. « Tout le monde va bien !

-Bon, dis-moi ce que tu cherches, tu n'es pas seulement venu prendre de mes nouvelles, je te connais.

-Je cherche des infos sur un certain Cédric Pressat. Il est mort il y a vingt-six, vingt-sept ans, par là… C'est le père biologique de Marie-Aude. »

Inès le regarde, surprise. « Le père de Marie-Aude ? Qu'est-ce que… ? »

Il se passe la main sur le menton, embarrassé. Doit-il tout lui dire ? Il connaît bien Inès, il sait qu'elle est fiable, alors il n'hésite pas longtemps.

De la poche de son blouson, il sort la copie de la photo que Marie-Aude conservait dans le tiroir de son bureau. « Regarde, c'est lui… Mercredi dernier, Marie-Aude s'est un peu confiée à moi, elle avait besoin de parler. »

Il lui décrit le contexte familial dans lequel évoluait sa jeune consœur, entre un géniteur qu'elle n'a jamais connu et un beau-père qui lui a donné son nom. « Apparemment, sa mère a tout fait pour qu'elle ne connaisse jamais la vérité sur son père. A priori, la photo que tu as entre les mains est la seule que Marie-Aude avait de lui.

-Effectivement, c'est curieux comme histoire… Tu en as parlé à son mari ?

-Oui, je suis allé voir Émilien hier, je lui ai remis la photo. Il est vraiment tombé des nues. J'ai bien compris que Marie-Aude ne lui disait pas tout. »

Inès pince les lèvres. Sa propre histoire familiale n'est pas simple, et tout ce qui touche aux rapports mère-fille provoque chez elle un vrai malaise. Elle lève la tête : « Excuse-moi, Dimitri, mais je ne comprends pas ce que tu veux au juste.

-Pour être tout à fait sincère avec toi, je n'en sais rien non plus. Je suis sûr que tu vas te foutre de moi, mais quand Marie-Aude m'a dit « *Croise les doigts pour moi, si tout va bien, je vais enfin apprendre ce week-end la vérité sur mon père* », eh bien ça m'a bouleversé. C'est con, hein ?

-Non. Au contraire, je trouve ça... touchant. Ça te ressemble... »

Il se penche vers elle, pose un baiser sur sa joue. « Voilà pourquoi j'aimerais en apprendre davantage sur ce Cédric Pressat, sur son secret qui semblait tellement émouvoir Marie-Aude, et qui doit sans doute être... sérieux pour que sa mère l'ait caché à sa fille. »

Inès hoche la tête, lui rend la photo de Pressat. « Tu penses à quoi ? Tu suspectes un vieux crime non élucidé ? »

Dimitri s'assied à ses côtés. « Un crime ? Franchement, je n'y ai même pas pensé. Non, pour ne rien te cacher, je voyais plutôt Marie-Aude en fille naturelle de Rodolphe Hubaud-Bréval.

-Rien que ça ! Et pourquoi ?

-Je n'en ai pas la plus petite idée, disons que ma vieille intuition masculine me souffle à l'oreille que ce n'est pas impossible.

-C'est ça, fous-toi de ma gueule, en plus !

-Loin de moi cette pensée. Non, en fait, c'est juste un truc qui m'est venu comme ça, mais qui ne repose sur rien... Cela dit, si tu pouvais aussi me sortir tout ce que tu as sur la banque Bréval, son histoire, son organigramme, tout, quoi ! Et particulièrement sur Rodolphe Hubaud-Bréval, en cherchant du côté de sa vie sentimentale agitée, je t'en serais éternellement reconnaissant... »

Inès le regarde avec un sourire malicieux. « Je fais ça. Il est... onze heures et demie. Reviens vers quinze heures !

-Ça marche ! »

*

« Alors ? »

Inès lui sourit. « Je t'ai sorti tous les documents sur la banque Bréval, beaucoup de chiffres, des noms, des rapports chiants comme la pluie. Hubaud-Bréval en long, en large et en travers, le mec était une espèce de star dans son domaine. D'ailleurs, Marie-Aude avait publié une page entière à son sujet le 6 mars dernier. Un portrait plutôt bienveillant, j'ai trouvé. Regarde : *« Rodolphe Hubaud-Bréval, un banquier discret et influent »*... C'est vrai que ça pourrait être l'hommage d'une fille à son père... Mais un père pas très reluisant. Regarde, j'ai trouvé un vieil article que tu avais écrit sur une plainte...

-Oui, celui-là, je le connais.

-Ah ? Pour le reste, rien ne s'est jamais traité devant un tribunal, en revanche, les réseaux sociaux fourmillent de ragots et de rumeurs sur l'attrait de Hubaud-Bréval pour les filles nettement plus jeunes que lui.

-Des mineures ?

-Non, tout de même pas... J'ai même trouvé un type qui, sous pseudo évidemment, l'a un jour qualifié de Rugueux Harceleur Brutal, en jouant sur ses initiales RHB...

-Beau boulot, ma belle !

-Merci. À tout hasard, je t'ai aussi sorti pas mal de trucs que j'ai trouvés sur le vice-président de la banque, Alexandre de Mérot. Le type est un habitué des magazines people depuis qu'il a épousé Justine Nègre, une actrice de théâtre qui a tourné dans quelques films. Bon courage avec ça !

-Et sur Pressat, rien du tout ?» fait Dimitri, déçu.

« Tu me connais ! Je suis comme un diesel, moi, je démarre lentement et puis je monte en puissance. J'allais t'en parler...

-Raconte !

-En tapant le nom Pressat, je n'ai strictement rien trouvé sur Cédric. Trop ancien, sans doute... En revanche, j'ai découvert que, le lundi 3 septembre 2018, un certain Robert Pressat était venu voir Marie-Aude à la rédaction ! »

Dimitri écarquille les yeux. « Comment tu sais ça ?

-Secret professionnel... Non, je blague. En fait, depuis 2015, après l'attentat de Charlie, la direction a demandé aux filles de l'accueil d'établir une liste exhaustive de tous les visiteurs extérieurs. Pour chacun, on a donc le nom, le prénom, l'adresse, et bien entendu la personne qu'il vient voir. Tout cela figure sur un fichier dont je conserve soigneusement une copie.

-Tu as trouvé des renseignements à son sujet ?

-Je n'ai pas eu le temps de chercher, sorry.

-C'est pas grave. Tu as ses coordonnées ?

-Elles sont là, sur le post-it que j'ai collé sur la première page du dossier. »

En remontant à la rédaction, Dimitri se sent bien pour la première fois de la journée. Il a l'impression qu'il va peut-être pouvoir placer une pièce essentielle sur le puzzle.

TROISIÈME PARTIE
UN TABLEAU DE MONET

CHAPITRE 15

De la fenêtre du salon, Christian Terris regarde les vagues qui viennent mourir sur la plage. Le ciel est d'un bleu intense, presque irréel. Un ciel qui doit donner à pas mal de gens un avant-goût du bonheur. Mais lui, le bonheur, il ne sait même plus à quoi ça peut ressembler. Depuis qu'il a appris la mort de Rodolphe, il tourne en rond dans cette maison comme un condamné. Il commençait à peine à sortir la tête hors de l'eau, et cette nouvelle l'y a fait replonger. Il se sent plus seul que jamais. Chez Bréval, Rodolphe était son unique soutien. Lui disparu, il sait que son sort va être rapidement réglé.

Quand il a appelé France pour lui présenter ses condoléances, elle s'est montrée froide et distante. Elle ne lui a même pas demandé comment il allait. Ce n'est pas elle, évidemment, qui lèvera le petit doigt pour le sauver. Chez elle, l'ingratitude est une seconde nature.

Il renifle doucement, retient les larmes qui s'annoncent.

Depuis le 6 mars, il survit. Il sait qu'il n'oubliera jamais ce moment. Il venait de faire un excellent déjeuner avec une responsable de la Fondation du patrimoine. Il avait bu modérément et s'apprêtait à remonter dans sa voiture quand l'inanité de sa vie lui est apparue comme une évidence. Pourquoi là ? Pourquoi à cet instant ? Il ne le saura jamais, mais il a compris tout de suite que sa vie venait de changer. Il est resté ainsi pendant plus d'une heure, incapable de mettre le contact, incapable même de répondre aux appels qui commençaient à se multiplier sur son portable. On aurait dit que quelqu'un l'avait débranché. Il a fini par trouver la force de se rendre chez son médecin, un vieil ami à qui il ne cachait rien.

« Ça, c'est un burn-out, mon vieux. Je vais t'arrêter un mois, pour commencer. »

La tête basse, il n'avait pas répondu. Depuis ce jour, il a l'impression de dormir tout le temps, la nuit, le jour. La vue de l'océan Atlantique est censée lui rendre sa joie de vivre. Pourtant, à certains moments, comme ce matin, l'immensité semble l'écraser, le ramener à sa triste condition.

Vendredi, il avait fait un effort. Il s'était rasé avec soin, avait passé des vêtements propres. Il s'était même entraîné à se composer le masque du type à nouveau heureux. Les heures ont passé. À vingt heures, comme Rodolphe n'était toujours pas arrivé, il l'a appelé sur son portable. Il n'a eu aucune réponse.

La raison de ce silence, il l'a comprise le lendemain matin en écoutant la radio. Comment Rodolphe a-t-il pu mourir ainsi ? Il était un pilote expérimenté, il est bien payé pour le savoir, lui qui a si souvent volé en sa compagnie.

Il soupire, détourne le regard, qui va se fixer sur la reproduction des « Peupliers sous le soleil » de Monet...

*

Un souvenir lui revient en mémoire. C'était un mois plus tôt, un vendredi. Abruti par les médocs, il avait dormi toute la journée. La sonnerie de son portable l'avait tiré du sommeil vers dix-neuf heures. D'abord, il avait voulu ne pas répondre. Mais en voyant s'afficher le nom de Rodolphe, il avait décroché.

« Comment ça va ?

-Pas fort... »

Il avait alors senti comme une hésitation. Il avait ajouté : « Et toi, ça va ?

-Pas très fort non plus. »

Christian Terris avait lâché un soupir silencieux. Dans son état de faiblesse, se pencher sur les états d'âme d'autrui était une tâche insurmontable. Mais Rodolphe avait repris : « Je suis emmerdé par la fille de Pressat. »

La seule évocation de ce nom avait ramené à sa mémoire un défilé d'images et d'événements qu'il avait crus oubliés depuis près de trente ans.

Il avait tenté une boutade, comme un ultime rempart devant la vague qui s'annonçait : « La fille de Pressat ? Elle est jolie ?

-Pas mal, mais ce n'est pas important... Je suis rangé depuis trois mois, je crois bien que j'ai trouvé la femme de ma vie, je suis amoureux comme je ne l'ai jamais été. Mais je t'en parlerai plus tard. Ça te laissera sur le cul... Pour en revenir à la fille de Pressat, elle est journaliste et, tiens-toi bien, elle s'est mis en tête de réhabiliter la mémoire de son père. »

Il avait eu la sensation de recevoir un énorme coup sur le crâne. Rodolphe avait poursuivi en riant : « Elle est persuadée que son père n'a jamais détourné d'argent, qu'il a été victime d'un complot... Elle croit dur comme fer que c'est moi qui aurais monté un truc tordu juste pour le virer. Tu te rends compte ? J'ai bien essayé de lui dire que j'avais toutes les preuves, elle n'en démord pas... »

Il avait été incapable de répliquer, son cerveau faisait du surplace. Hubaud-Bréval, insensible à son émotion, avait ajouté : « Elle m'emmerde, mais j'ai besoin d'elle, ou plutôt de son canard. Je ne peux pas l'envoyer sur les roses. Alors je suis allé fouiller dans nos archives pour pouvoir lui mettre les preuves sous les yeux… Là, c'est vraiment étrange, j'ai l'impression que le dossier de son père a disparu… En tout cas, je ne l'ai pas trouvé. C'est là que j'ai pensé à toi. À l'époque, c'était bien toi qui avais prouvé l'existence de son compte en Suisse, non ? »

Il avait senti la sueur dégouliner au creux de son dos. Au bout de plusieurs secondes, il avait enfin répondu : « Oui…

-Tu sais où se trouve le dossier ?

-Oui et non.

-Comment ça ?

-Écoute Rodolphe… Je ne peux pas te parler de ça au téléphone. Et puis, je me sens si fatigué que je n'ai pas la force de poursuivre cette conversation maintenant. Mais tu dois savoir que la fille de Pressat a raison… »

Il s'était tu. À l'autre bout de la ligne, il avait entendu Rodolphe se racler la gorge, signe chez lui d'un profond embarras.

« Tu rigoles ?

-Non. Il y a bien eu un dossier monté de toutes pièces pour l'éjecter.

-Mais, bordel, pourquoi t'as fait ça ? »

Il avait fermé les yeux, avec l'impression pénible de se trouver au pied d'une montagne infranchissable. Foutue dépression qui le laissait plus vulnérable qu'un nourrisson. Il avait produit un effort surhumain pour murmurer : « J'ai obéi à un ordre…

-Un ordre ? Mais de qui ?

-Je peux pas te le dire . Pas comme ça.

-C'est de Mérot, hein ? «

Il n'avait pas répondu. « Rodolphe… J'ai conservé les documents. Ils sont ici, à Guéthary, en sécurité. Si tu veux les voir, tu peux passer quand tu veux.

-Dis-moi au moins si c'est de Mérot !

-Viens me voir… »

En raccrochant, il s'était bien rendu compte que Rodolphe était furieux, mais il n'avait pas le choix. Curieusement, cette conversation téléphonique, et les souvenirs qu'elle avait ressuscités, avait provoqué chez lui un sentiment de soulagement. Comme si révéler enfin la vérité après autant d'années de silence lui rendait un peu de sa fierté perdue.

Dans les jours qui avaient suivi, il s'était forcé à diminuer la dose de ses médicaments, à aérer la maison, à sortir faire quelques pas dehors. Il sentait bien qu'il était encore loin de la guérison, mais il commençait à entrevoir une lueur dans la nuit.

Quand Rodolphe l'avait rappelé pour lui proposer de venir le voir le 8 novembre, en compagnie de la fille de Pressat, il avait accepté. Sans savoir qu'il parlait à Rodolphe pour la dernière fois et que la vérité allait sans doute rester encore longtemps tapie dans son coffre-fort, derrière la reproduction d'un tableau de Monet…

CHAPITRE 16

Dimitri compose le numéro de Robert Pressat. À la troisième sonnerie, il est accueilli par une quinte de toux, puis il entend une voix d'homme, rauque. « Oui, allo ?

« Monsieur Pressat, Dimitri Boizot, de *L'Actualité*. Nous ne nous connaissons pas, mais je partageais le bureau avec Marie-Aude Février... »

Il attend une réaction, en vain. Alors il reprend : « Vous devez sans doute vous demander pourquoi je vous appelle. En fait, vous avez rendu visite à Marie-Aude à la rédaction le 3 septembre de l'année dernière. Comme je sais que le nom de son père biologique était Pressat, je me demandais si vous aviez un lien de parenté avec lui et si vous pourriez m'éclairer... »

Il a débité sa tirade d'un trait, pour éviter d'être interrompu.

Après s'être à nouveau éclairci la voix, Pressat fait : « Vous éclairer sur quoi ?... »

En fond sonore, une voix de femme lance : « Robert, on doit y aller maintenant, sinon on sera en retard !

-Oui, oui, j'arrive ! Monsieur…

-Boizot.

-Oui, monsieur Boizot, je dois absolument vous laisser. Un rendez-vous important. Mais vous pourriez peut-être passer chez moi, à Boulogne. Vous m'expliquerez ce que vous voulez.

-D'accord, pas de problème. Quand serez-vous libre ?

-Demain si vous voulez.

-D'accord. À demain ! »

*

Robert Pressat habite un appartement coquet dans un immeuble récent à Boulogne-Billancourt.

Quand il vient ouvrir la porte, Dimitri se retrouve face à un imposant septuagénaire, très grand, corpulent, avec un visage carré entouré d'une couronne de cheveux blancs, et barré d'une énorme moustache en guidon de vélo.

« Entrez, entrez ! »

Il a une voix de fumeur, basse et éraillée. Une odeur de tabac froid flotte dans l'appartement. « Venez dans mon bureau, nous y serons tranquilles. Mon épouse est partie au marché… »

La pièce est encombrée de livres et de revues qui ont envahi pratiquement tout l'espace disponible. Pressat lui désigne une chaise en bois. « Bien, monsieur Boizot. Vous faites une enquête sur ma nièce, c'est bien ça?

-Votre nièce ?

-Oui, Cédric était mon frère cadet. »

Dimitri se dit qu'il a intérêt à jouer franc jeu avec cet homme, s'il veut obtenir des informations intéressantes. Il lui résume sa dernière conversation avec Marie-Aude. « J'avoue qu'elle m'a ému avec son expression *« La vérité sur mon père »*. Quand j'ai appris son décès accidentel, je me suis posé pas mal de questions, dont la principale concerne sa présence dans l'avion de ce banquier. A-t-elle ou non un lien avec ce qu'elle m'avait dit deux jours plus tôt... ? »

Pressat l'a écouté avec attention, sans l'interrompre. Il se passe la main sur la moustache, comme pour vérifier qu'elle est toujours bien en place.

« Vous êtes ici pour faire un article ?

-Très sincèrement, je n'en sais rien. Pour l'instant, je cherche avant tout à vérifier une intuition... »

Robert Pressat se racle la gorge. « Une intuition ?

-Oui. Pour tout vous dire, je me suis demandé si Rodolphe Hubaud-Bréval ne serait pas le père naturel de Marie-Aude... »

Son interlocuteur part d'un grand rire sonore. « Hubaud-Bréval ? Vous n'y êtes pas du tout ! Qu'est-ce qui a pu vous faire croire ça ? »

Dimitri se sent tout à coup ridicule. Il répond, penaud : « Il avait l'âge d'être son père, et mon imagination a fait le reste.

-Il faut toujours se méfier de son imagination... Je vais vous expliquer le lien entre Hubaud-Bréval et ma nièce... Mais je ne sais pas par où commencer... Ah oui, ma visite à la rédaction de votre journal. Quand je suis venu voir Marie-Aude l'année dernière, je ne lui avais plus parlé depuis... vingt-quatre ans ! »

Dimitri ne peut cacher sa surprise. « Vingt-quatre ans ! » Il revoit Émilien lui parler d'une histoire familiale *compliquée*.

« Eh oui... Pourquoi ai-je, ce jour-là, décidé de renouer avec elle? Parce que Christine, sa mère, était morte quelques semaines plus tôt. Christine était une femme, comment dire ?... avec un caractère entier. Dans les mois qui ont suivi le décès de mon frère Cédric, elle a rompu peu à peu les liens avec mes parents, avec moi... En fait, elle voulait tirer un trait définitif sur sa vie d'avant, sur mon frère. Elle s'est remariée l'année suivante avec Marc Février, qui a donné son nom à Marie-Aude. »

Dimitri a sorti son calepin et commence à y griffonner des notes à la volée. Il relève la tête. « Monsieur Pressat, excusez-moi, mais je voudrais éclaircir certaines choses. Le décès de votre frère, le remariage de votre belle-sœur, tout ça remonte à quand ?

-J'y viens... Cédric, qui avait trois ans de moins que moi, s'est marié avec Christine en 1986. Marie-Aude est née en 1989. Elle était leur seul enfant... Mon frère est décédé le 1er janvier 1993. Marie-Aude était donc encore toute petite, trois ans et demi. À cet âge, vous savez, on n'a pas vraiment de souvenirs. »

Robert Pressat s'interrompt pour reprendre son souffle. « Quand Christine a coupé les ponts avec notre famille, mes parents se sont résignés à tirer un trait sur leur petite-fille... Je leur en ai voulu, mais bon... Chacun fait ce qu'il peut... Moi, je l'ai suivie de loin, au fil des ans. Je voulais savoir ce qu'elle devenait, comment elle évoluait... À distance... C'est ainsi que j'ai appris que sa mère avait fait disparaître tout ce qui pouvait évoquer Cédric. La petite a grandi en croyant que Marc Février était son père... »

Dimitri intervient : « Émilien, le mari de votre nièce, m'a dit qu'elle avait appris l'existence de son véritable père à l'adolescence...

-Oui, c'est bien ça... Mais Christine s'est bien gardée de lui dire la vérité sur les circonstances de sa mort. Elle lui a prétendu qu'il avait succombé à un cancer du pancréas, ce qui était totalement faux... Alors, quand j'ai appris le décès de Christine, j'ai pensé que le moment était venu de pouvoir dire enfin à Marie-Aude comment son père était vraiment mort. C'est pour cette raison que je suis allé la voir ce jour-là au journal. Je ne voulais surtout pas aller la déranger chez elle, sans savoir quelle pourrait être la réaction de son mari... La vérité, elle était à la fois simple et tragique. En fait, mon frère s'est noyé accidentellement dans un étang après s'être enfui un soir de l'hôpital psychiatrique où il était interné. On a retrouvé son corps à moitié gelé...

-C'est ça que vous êtes venu dire à Marie-Aude ce jour-là ?

-Exactement. Elle avait le droit de savoir.

-Comment l'a-t-elle pris ?

-Cela a été un choc, évidemment. Mais Marie-Aude était solide...

-Excusez mon indiscrétion, mais qu'est-ce que votre frère faisait dans un hôpital psychiatrique ?

-L'indiscrétion n'a pas sa place dans l'histoire ancienne... Cédric, depuis l'adolescence, était bipolaire. Il passait par des phases d'exaltation et d'hyperactivité, entrecoupées de périodes de dépression sévère. Mais c'était quelqu'un de très intelligent, charmeur aussi, séduisant... Cédric a fait de brillantes études de droit et d'économie. Il avait presque trente ans quand il a été embauché pour un poste à responsabilité à la banque Bréval. »

Dimitri sursaute. « Bréval ? »

Robert Pressat fronce ses sourcils broussailleux. « Vous l'ignoriez aussi ? Marie-Aude ne vous avait parlé de rien, si je comprends bien. »

Dimitri a un haussement d'épaules. « Pas grand-chose, en effet. Mais assez pour me donner l'envie d'en apprendre plus.

-Oui... Je me rappelle bien le jour où Cédric a appris son engagement dans cette prestigieuse banque privée. Il a aussitôt téléphoné à nos parents. Il était fou de joie. Il rêvait déjà d'une carrière faramineuse dans cette société. Effectivement, les premières années ont été fantastiques pour lui. Il progressait dans la hiérarchie. Il gagnait bien sa vie... Puis il s'est marié avec Christine, qu'il avait connue à l'agence de voyages où il s'était rendu pour réserver un circuit en Californie. C'était son grand rêve de gosse... Tout semblait aller pour le mieux dans le meilleur des mondes. Ses phases de dépression étaient de plus en plus espacées, moins sévères aussi... Marie-Aude était née, elle était sa princesse, il ne voyait qu'elle. Et puis est arrivé ce coup de tonnerre, soudain, inattendu. Il a été convoqué à la direction de la banque pour être licencié sans indemnités... En fait, on l'accusait d'avoir détourné une partie de l'argent de riches clients. À l'époque, il y en avait pour deux millions de francs qu'il aurait placés sur un compte ouvert en Suisse. »

Dimitri regarde Pressat. Il a les yeux perdus dans le lointain, comme si le passé rejaillissait d'un seul coup.

« Qu'est-ce qui s'est passé alors ?

-D'abord, il faut que vous sachiez que mon frère n'a jamais détourné un franc ! Il s'agissait d'un complot pour l'éjecter de la banque où il commençait à faire de l'ombre à certains. Et, pour Cédric, le crime était signé, c'était Rodolphe Hubaud-Bréval, qui venait de succéder à son beau-père à la présidence, et qui avait besoin de le remplacer par un homme à lui pour asseoir son pouvoir.

-Il vous l'avait dit ?

-Bien sûr ! Et je le crois.

-Il n'a pas pu se défendre ?

-Vous voulez rire ! Tout avait été monté de main de maître. Toutes les preuves étaient contre lui. Le patron lui a mis le marché en main : ou bien il quittait lui-même Bréval et l'affaire en restait là, ou il continuait à prétendre être victime d'une machination, et plainte allait être déposée contre lui. Il risquait alors de la prison… Il a donc pris ses cliques et ses claques…

-Et ensuite ?

-Mon frère a sombré dans une dépression profonde, c'était inévitable. Dans de telles périodes, il pouvait se montrer violent. Un jour, il a agressé Christine. Il a failli l'étrangler, elle ne s'en est sortie que par miracle. Il a alors été interné et, le premier janvier 1993, il a quitté l'hôpital en pyjama, dans le froid, il a marché et s'est noyé dans un étang à trois kilomètres de là. Christine a toujours menti à Marie-Aude parce qu'elle avait honte. Comme je vous l'ai dit, elle s'est coupée du reste de la famille.

-Et elle ne croyait pas à la version de son mari, elle ?

-Non. Elle a toujours pensé qu'il était coupable et que l'argent planqué en Suisse était destiné à lui permettre de la quitter et de refaire sa vie avec une autre femme.

-Ce n'était pas le cas ?

-Bien sûr que non ! Mon frère était amoureux fou de sa femme. C'est justement quand il a compris qu'elle ne le croyait pas qu'il a craqué. Son monde s'effondrait. »

Dimitri comprend mieux pourquoi Marie-Aude lui avait soudain paru si vulnérable lorsqu'elle avait – un peu – abordé avec lui le sujet de son père.

« Monsieur Pressat, vous avez revu votre nièce par la suite ?

-Oui, quatre ou cinq fois. Nous nous rencontrions dans un bistrot, elle me posait des questions sur Cédric, notre famille, son enfance, ses études... Elle me disait qu'elle recherchait toutes les informations qu'elle pouvait recueillir sur Hubaud-Bréval pour réhabiliter la mémoire de son père.

-Quand lui avez-vous parlé pour la dernière fois ?

-En été, au mois d'août. Marie-Aude progressait dans ses recherches, trop lentement à son gré. Elle en voulait terriblement à Hubaud-Bréval. Pour elle, c'était clair, s'il était bien responsable de la mort de Cédric, il devrait payer. Je lui avais quand même conseillé d'être très prudente.

-Vous-même, vous n'avez jamais cherché à blanchir la mémoire de votre frère ?

-Non...

-Pourquoi ?

-Par lâcheté, sans doute. J'avais ma vie, j'avais déjà quarante-cinq ans à l'époque, une famille, trois enfants. Je tenais à ma tranquillité. Et puis, pour tout vous dire, je ne savais absolument pas comment j'aurais pu enquêter dans ce milieu. Alors j'ai laissé aller...

-Vous regrettez d'avoir tout dit à Marie-Aude ?

-Oui. Particulièrement depuis son décès. Je me dis que, quelque part, elle est peut-être morte à cause de moi... »

Dimitri achève de rédiger ses notes, puis il relève la tête. « Monsieur Pressat, si je vous suis bien, il n'y a jamais eu d'aventure entre votre nièce et Hubaud-Bréval ?

-Je peux vous l'assurer. Ce qu'elle éprouvait pour lui, c'était de la haine. »

Il regarde Pressat. Cet homme lui semble digne de foi, même si son désir de faire triompher la vérité lui paraît bien tardif.

Il en vient à la question qui le taraude depuis des jours : « Que faisait-elle alors dans l'avion de RHB ? C'est incompréhensible...

-Je vous le concède. Quand j'ai appris la nouvelle, j'étais sidéré. Et puis j'ai réfléchi, j'ai pensé qu'elle était encore à la recherche d'informations et qu'elle avait trouvé un moyen de se rapprocher de Hubaud-Bréval.

-Ce qui pourrait coller avec sa phrase *« Si tout se passe comme prévu, ce week-end je connaîtrai enfin la vérité sur mon père »*...

-Oui. Encore faut-il s'entendre sur le sens de cette phrase. Marie-Aude avait déjà appris par moi une grande partie de la vérité sur son père. Ce qui restait à confirmer était l'implication de Hubaud-Bréval dans le complot qui a abouti au licenciement de Cédric.

-C'est ça... On en revient toujours à cette question : qu'allait-elle faire à Biarritz avec cet homme ? »

CHAPITRE 17

Quand le facteur a sonné à la porte d'entrée, Christian Terris a aussitôt compris. « Un recommandé pour vous ! J'ai besoin d'une signature ici... Merci. Bonne journée ! »

Bonne journée, tu parles ! Même attendue, une mauvaise nouvelle reste une mauvaise nouvelle. Il repart au salon, s'installe sur le canapé où il passe ses journées à ruminer des pensées crépusculaires. Il déchire l'enveloppe, découvre deux feuillets à en-tête de la banque Bréval. Dans le style administratif et impersonnel qui sied à ce genre de courrier, de Mérot lui signifie son licenciement. À effet immédiat et avec les indemnités légales. On sait vivre chez Bréval, on n'est pas chien. Surtout avec un collaborateur qui a passé trente-six années de sa vie au service de cet établissement si prestigieux.

Il repose le courrier sur la table basse, regarde les gouttes de pluie ruisseler sur la porte-fenêtre, les gros nuages noirs qui donnent à l'Atlantique une sale couleur grisâtre. C'est curieux, mais cette lettre le soulage. Au moins, il n'y a plus d'incertitude. On dirait même qu'elle lui rend un peu d'énergie. Pour la première fois depuis des semaines, il a envie de bouger. Puisque le voici devenu retraité malgré lui, eh bien il va jouir de sa retraite. C'est sans doute plus facile ici, à Guéthary, qu'en région parisienne. Mais, auparavant, il va accomplir une dernière action, histoire de tourner la page Bréval en beauté.

Il avait, de toute façon, décidé d'assister aux obsèques de Rodolphe. C'est la moindre des choses pour un homme qui – il s'en est rendu compte ces derniers temps – a été son seul véritable ami. Même si Rodolphe se servait quelquefois de lui, il savait reconnaître ses mérites et les récompenser à leur juste valeur.

La semaine prochaine, il se rendra au Vésinet, suivra la cérémonie, saluera France et Hervé, serrera les mains de De Mérot et de ses laquais. Il a quelques jours devant lui pour se rendre présentable, montrer à tous ces gens qu'il est loin d'être mort. Il arborera un sourire inquiétant, associé à la chemise de carton qu'il trimbalera ostensiblement sous le bras.

Chez Bréval, il a toujours eu la réputation d'être le chien de garde du patron, l'exécuteur des basses œuvres, au courant des secrets les plus inavouables de ses dirigeants. Ces derniers mois, avec son éloignement forcé et l'annonce par Rodolphe de son prochain départ, ils devaient respirer plus librement. Son retour, même s'il est de circonstance, n'en sera que plus dérangeant. À condition de se montrer sûr de lui, serein, sans colère ni amertume… Oui, il va faire ça. Ce sera sa dernière pirouette, avec la satisfaction un peu puérile, mais si agréable, de leur ficher la trouille avant de revenir définitivement au Pays basque, loin de leurs misérables combinaisons…

*

Hervé Hubaud-Bréval achève un croissant sous le regard de sa mère.

« Alexandre a viré Terris, c'est Armand qui m'en a informé. Il lui a montré la lettre de licenciement qu'il lui a envoyée. Il ne perd pas de temps » ricane-t-elle.

Son fils a un infime mouvement de la tête. « Ce n'est pas une surprise. En offrant à Armand la direction du Mécénat, il devait faire de la place. Et puis, entre nous, Terris, ce n'est pas une grosse perte. »

Sa mère approuve de la tête. « Tu as raison. En dehors de cirer les pompes de ton père, de lui servir d'alibi à l'occasion, c'est sûr qu'il ne représente pas une grande valeur ajoutée pour la banque Bréval... De plus, en le virant, Alexandre commet une grave erreur.

-Pourquoi ?

-Parce que les statuts de la société sont clairs : comme président intérimaire, il a seulement le droit d'expédier les affaires courantes en attendant la nomination d'un nouveau président. Mais ce n'est pas ça qui l'arrête.

-Tu vas t'y opposer ? »

Elle contemple son fils avec commisération. Parfois, sa naïveté l'effraie un peu.

« Tu n'y penses pas ! Il se charge du sale boulot et, en prime, il est en train de faire notre jeu. Armand au mécénat, bientôt toi à l'audit. Avec ça, de Mérot est mort dans quelques semaines, quand tu seras président. »

Hervé ne répond pas. Il devrait être galvanisé par une telle perspective. Or il semble hésitant.

« Il y a quelque chose qui ne va pas ? Depuis quelque temps, j'ai l'impression que tu es... tracassé, inquiet... »

Son fils a pâli. Ses yeux fixent un point du plafond. Elle le connaît par cœur. Elle sait que son attitude trahit un profond embarras. Son cœur se met à battre plus vite.

Il la regarde à nouveau, esquisse un sourire contraint. « Non, ça va... C'est juste la grossesse de Stéphanie qui est un peu compliquée. Quand elle attendait Jérémie, ce n'était déjà pas facile, mais là elle se plaint tout le temps et ça me tape sur les nerfs... »

Elle sent qu'il lui ment, qu'il vient d'inventer une réponse plausible mais peu convaincante. Elle sait qu'elle va devoir le porter à bout de bras pour l'amener à la présidence de la société. Pour elle, c'est une question de principe : la banque Bréval doit être dirigée par un membre de la famille. Elle est trop lucide pour s'imaginer à ce poste. Elle n'a aucune compétence financière, à part profiter de sa fortune. Hervé, lui, est très doué. Mais elle a bien compris qu'il n'a aucune envie de s'engager à fond dans une voie qui doit lui sembler rébarbative. Heureusement, elle est là. Ce n'est pas pour rien que Blanche l'a surnommée affectueusement *la marionnettiste*.

« En fait, chez Bréval, c'est toi qui tires les ficelles. Toujours dans l'ombre, avec l'air de ne pas y toucher. » Elle a sans doute raison, sa vieille amie. Elle a le don de parvenir à ses fins sans se mettre en danger, en jouant de la persuasion plutôt que de la coercition, en misant sur son charme aussi, à l'occasion…

« Encore quatre mois de patience, et ça ira mieux… La priorité, aujourd'hui, c'est Bréval. »

Elle se penche vers lui, lui tapote le genou. « On va gagner. Avec toi, la banque va prendre un nouvel essor ! »

*

Ce soir, Hervé Hubaud-Bréval pousse la porte d'entrée de la maison de Bougival avec une boule au ventre. Les deux heures passées au funérarium à accueillir des dizaines de visiteurs en arborant une tristesse de façade l'ont épuisé. Moins, d'ailleurs, que la dérisoire fierté de sa mère, acharnée à le présenter comme le futur président de la banque Bréval.

Il se débarrasse de son manteau, caresse distraitement Pomys, le berger australien, venu lui faire la fête, puis il se rend au salon où Linda est occupée à faire la lecture à Jérémie. Son fils, fasciné par les illustrations et le débit hypnotique de sa nounou, ne l'a pas entendu venir. Il hurle de joie quand son père le soulève d'un coup et le tient au-dessus de lui à bout de bras.

« Madame n'est pas encore rentrée ?

-Non, monsieur. »

Où reste Stéphanie ? Encore des heures supplémentaires, sans doute. Pourtant, il n'y a plus de raison...

« Au revoir monsieur.

-Au revoir, Linda, bonne soirée ! »

À cet instant, il entend crisser les pneus d'une voiture dans l'allée. À quelques minutes près, Stéphanie l'aurait pris de vitesse. Jérémie s'est précipité pour aller accueillir sa maman, avec le chien qui ne le lâche pas d'un pouce. Hervé le regarde courir, heureux, et il sent monter en lui une gigantesque bouffée d'amour.

Stéphanie, portant Jérémie dans les bras, claque la porte d'entrée. Derrière le sourire qu'elle s'impose en présence de leur fils, il reconnaît le voile de mélancolie qui l'entoure en permanence.

Elle a accepté de rester et de jouer la comédie du couple uni jusqu'aux funérailles. « Après, je partirai. Tu peux garder la maison. De toute façon, je ne pourrais pas continuer à vivre ici. Dans un premier temps, je te laisserai Jérémie. Il a besoin de stabilité. On lui inventera une fable pour justifier mon absence. Dans mon état actuel, je ne pourrais pas m'occuper de lui. Il me faut un peu de temps pour essayer de refaire surface. »

Depuis, ils n'échangent plus un mot. Il en vient à se demander si elle l'a aimé un jour...

CHAPITRE 18

Derrière le corbillard, Émilien emmène l'imposant cortège, le petit Oscar dans ses bras, aux côtés de sa sœur, de son beau-frère et de leurs trois enfants. Ses parents viennent juste derrière. Ils semblent ravagés, comme s'ils enterraient leur propre fille. Marc Février, le beau-père de Marie-Aude, évite soigneusement tout contact avec Émilien. Il marche à côté d'un garçon d'une trentaine d'années qui paraît très éprouvé. Il y a beaucoup de jeunes gens dans le cortège, des amis de Marie-Aude sans doute, des condisciples du CFJ aussi. Dimitri avance au côté de Drichon. Aymeric Fourment a renoncé à venir, à moins qu'il ne profite de l'absence du rédacteur en chef pour aller intriguer auprès de Jolivel, l'actionnaire principal du journal.

Drichon murmure : « J'ai eu des nouvelles de Chartry, notre correspondant à Tours. Selon les gendarmes, la thèse de l'accident suite à une crise cardiaque de Hubaud-Bréval se précise. En tout cas, l'autopsie et les analyses n'ont rien révélé de suspect. »

Dimitri hoche la tête. Il n'a pas l'intention de parler à son rédacteur en chef des relations ambiguës qu'entretenait Marie-Aude avec RHB, encore moins de ses soupçons. Mais, depuis vingt-quatre heures, il est plongé dans un abîme de perplexité. Quelques mètres derrière eux, Robert Pressat avance, la tête basse, un peu à l'écart du cortège comme s'il cherchait à passer inaperçu. Ils se sont salués d'un léger signe de tête, et Dimitri a remarqué que Pressat n'a pas cherché à entrer en contact avec Émilien, encore moins avec Février. Une histoire familiale décidément bien compliquée...

Drichon reprend à mi-voix : « Ses derniers instants ont dû être terribles... Elle a vu arriver la mort sans pouvoir rien faire...

-Oui... » marmonne Dimitri, peu désireux de lancer une conversation sur ce thème. Il pousse un léger soupir, pour marquer sa volonté d'en rester là. Soudain, une fille un peu boulotte, dont les cheveux bruns ondulés débordent d'un bonnet de laine plutôt anachronique, s'écarte du cortège et s'approche de lui. Son visage, même noyé de larmes, lui rappelle vaguement quelqu'un.

« Dimitri, tu ne te souviens pas de moi, je crois... »

Drichon, qui l'a vue arriver, lâche d'un coup, comme un candidat à *Questions pour un champion* heureux d'avoir devancé ses adversaires : « Sarah Laignier... Tu as été stagiaire chez nous en 2011. Spécialité judiciaire. C'est bien ça, non ? »

La fille murmure :« Bonjour, Étienne... Oui, c'est bien ça ! »

Dimitri retrouve tout à coup la mémoire. Cette fille a travaillé à ses côtés pendant quelques semaines. Il traversait alors une période difficile. La vie commune avec Sandrine, sa compagne de l'époque, commençait à partir en lambeaux. Les disputes éclataient pour un rien. Elle supportait de moins en moins Claude et Mireille, dont il avait la garde une semaine sur deux. C'est dire si cette stagiaire était vraiment mal tombée.

Il chuchote : « Tu connaissais Marie-Aude ?

-Oui ... Je crois que je peux même dire que j'étais sa meilleure amie... On se connaissait depuis l'âge de huit ans... J'étais témoin à son mariage. Elle était comme une sœur pour moi. Quand j'ai appris la nouvelle, je ne voulais pas y croire... Je suis venue de Rennes exprès...

-De Rennes ?

-Depuis deux ans, je bosse à *Ouest-France*. Quand on m'a proposé ce job, j'ai hésité, parce que je ne voulais pas trop quitter Paris. Et puis... »

Elle s'interrompt pour écouter le petit discours d'Émilien. Après le défilé pour un dernier hommage devant le cercueil et l'accolade à la famille, elle demande à Dimitri : « Tu as le temps de prendre un café ? J'ai une grosse heure avant de reprendre le TGV, et j'ai pas trop envie de rester seule.

-Oui. Pas de problème. »

*

Sarah Laignier a ôté son bonnet de laine en entrant dans le café du boulevard Raspail. De la main, elle tente de mettre un peu d'ordre dans sa chevelure.

« Alors, qu'est-ce que tu deviens ?

-Professionnellement, ça va. Je m'occupe de l'actualité judiciaire à Rennes et dans la région.

-Et ça te plaît ?

-Oui, pas mal... Et toi, comment ça se passait avec Marie-Aude ?

-Très bien. On se parlait de nos enfants, qui ont à peu près le même âge.

-Ah ? Si je me souviens bien, tu avais déjà deux gosses quand j'étais en stage à la rédaction, non ?.

-Oui. Mais, entre-temps, j'ai rencontré une nouvelle compagne et nous avons un fils de trois ans... Tu étais toujours en contact avec Marie-Aude ?

-Nous ne nous sommes jamais perdues de vue. Je lui parlais au moins une fois par semaine, au téléphone ou par Skype… Pour moi, c'est une perte terrible. »

Elle sort un Kleenex d'un paquet qu'elle a posé sur la table, s'essuie les yeux, se mouche.

« La dernière fois que je lui ai parlé, c'était il y a une dizaine de jours. Elle était en pleine forme. Je dirais même en pleines formes au pluriel, ajoute-t-elle en mimant des guillemets avec ses doigts. Elle venait d'apprendre qu'elle était enceinte. Avec Émilien, cela faisait un bon moment qu'ils avaient décidé de faire un petit frère ou une petite sœur à Oscar. Elle était vraiment contente… »

Elle s'interrompt, essuie ses larmes et reprend : « Elle était très nerveuse aussi. Ses recherches sur la mort de son père avaient l'air de prendre une direction inattendue.

-Elle t'en parlait ?

-Et comment ! C'était devenu son obsession. Tu dois le savoir. Je suppose qu'elle te bassinait aussi avec ça. »

Dimitri revoit la photographie que Marie-Aude conservait dans le tiroir de son bureau, le mot *Papa* griffonné au dos. Il demande : « Une direction inattendue, c'est-à-dire ? »

Sarah Laignier paraît soudain gênée. Elle se dit qu'elle a commis une bourde. Mais, après tout, elle n'est pas tenue par le secret-défense, et puisque Marie-Aude n'est plus là, cela n'a plus vraiment d'importance.

Elle demande : « Marie-Aude te parlait beaucoup de son père, à toi aussi ? »

Sans hésiter, il réplique en prenant quelques libertés avec la vérité : « Elle m'a expliqué les circonstances de sa mort, elle m'a aussi parlé de sa mère qui lui avait toujours menti… »

Elle se détend tout à coup. Si Marie-Aude lui faisait de telles confidences, elle peut poursuivre sans crainte. « À chaque fois qu'on se parlait, je lui demandais des nouvelles de son enquête. Elle répétait qu'elle avançait, mais qu'elle avait besoin de preuves.

-De preuves contre Hubaud-Bréval, c'est bien ça ?

-Oui. Mais, la dernière fois, changement de discours : elle m'a dit qu'elle était complètement perdue, qu'elle s'était peut-être fourvoyée, et que le coupable qu'elle recherchait n'était sans doute pas celui qu'elle avait en tête depuis le début.

-Ah bon ? C'est étonnant…

-Oui… Elle ne t'a rien dit là-dessus ?

-Non. Tout ce qu'elle m'a dit, le dernier soir au journal, c'est qu'elle allait enfin apprendre la vérité sur son père au cours du week-end. Elle avait promis de m'en parler en rentrant. Et puis…

-Ça colle bien avec ce qu'elle m'avait dit. Elle avait l'air tellement dépitée que je lui ai conseillé de renoncer. Là, elle a retrouvé tout son punch. Elle m'a dit, avec sa voix inimitable : *« Tu n'y penses pas ! J'irai jusqu'au bout. Un salaud reste un salaud, même au bout de trente ans, même si ce n'est pas Hubaud-Bréval. Et il devra payer ! Je l'ai dans le viseur»* Je peux te dire qu'elle était drôlement remontée…

-Elle t'a dit le nom de son nouveau suspect ?

-Non… J'avoue que je ne le lui ai pas demandé. Je la sentais si nerveuse que j'ai changé de conversation… Aujourd'hui, je me dis que je ne saurai jamais…

-C'est clair… Sauf si Émilien en sait davantage, lui.

-Alors là, tu peux oublier. Marie-Aude n'a jamais parlé de ça avec lui. Elle tenait à le laisser en dehors jusqu'au moment où elle arriverait à la vérité.

-Pourquoi ? C'est curieux.

-Pas tant que ça. Elle craignait une réaction violente d'Émilien. » Dimitri écarquille les yeux, interloqué. « Là, je ne te suis plus.

-Un jour, Marie-Aude m'a dit : *« Émilien, c'est un poète, un doux. Il vit dans son monde de papier. Mais je sais qu'il serait prêt à tout s'il me croyait menacée, ou s'il croyait Oscar menacé. Si jamais je lui parlais de Hubaud-Bréval et de son rôle dans la mort de mon père, il serait fichu d'aller lui casser la gueule. Tu imagines le scandale. Je pourrais dire adieu à ma carrière. »*

Dimitri se sent de plus en plus perplexe. Il imagine mal Émilien capable de jouer les boxeurs amateurs. Par ailleurs, si Marie-Aude Février ne soupçonnait plus Hubaud-Bréval d'être l'instigateur du complot contre son père, elle n'avait plus de raison objective de l'accompagner à Biarritz.

« Sarah, tu connaissais Marie-Aude depuis l'enfance, c'est bien ça ?

-Oui.

-Elle a toujours eu des relations compliquées avec sa mère ?

-Moins que moi avec la mienne, en tout cas ! Pour répondre à ta question, je dirais non. Quand il m'arrivait d'aller chez elle pour jouer, j'avais devant moi une famille unie. Elle s'entendait bien avec ses parents, avec son frère Jean-Paul aussi.

-Elle a un frère ?

-Un demi-frère, plutôt. Jean-Paul est le fils de Marc Février, son beau-père. Mais ça, elle ne l'a appris qu'à l'adolescence. Quand on était gosses, elle ne s'est jamais douté de la vérité.

-Comment elle l'a apprise, cette vérité ? C'est sa mère qui a fini par la lui apprendre ?»

Sarah Laignier se met à rire doucement, comme au souvenir d'une bonne blague. « Alors là, pas du tout… Je m'en souviens comme si c'était hier. Quand elle a su que Février n'était pas son vrai père, ça lui a foutu un coup terrible… On devait avoir quinze ou seize ans, ce qui n'est déjà pas simple à vivre. Alors, quand elle a reçu une lettre anonyme lui disant que son vrai père s'appelait Cédric Pressat, elle a flippé…

-Une lettre anonyme ?

-Oui, c'est ça qui est dingue. J'étais avec elle quand elle a ouvert son casier personnel, au lycée. Elle est tombée sur une enveloppe blanche avec son nom écrit dessus. Elle l'a déchirée et a lu quelque chose dans le style : *« Marie-Aude, Marc Février n'est pas ton père. Ton vrai père s'appelait Cédric Pressat, il est enterré au cimetière Montparnasse, demande à ta mère de t'en parler. »* Franchement, je me rappelle très, très bien avoir pensé que c'était une mauvaise blague d'un autre élève. Marie-Aude, elle, a tout de suite compris que c'était sérieux. Elle a interrogé sa mère, qui a d'abord cherché à nier, mais son beau-père est intervenu. Ils lui ont expliqué que sa mère avait donc été mariée une première fois avec Cédric Pressat, et que celui-ci était mort quand

Marie-Aude avait trois ans. Tu te doutes bien qu'elle a été très choquée en apprenant cela, mais avec le temps, la douleur s'était estompée. »

Dimitri siffle. « Eh bien dis donc, c'est pas banal... Elle a su qui était l'auteur de cette lettre anonyme ?

-Non... »

En quittant Sarah Laignier, il songe à ce qu'elle vient de lui apprendre. Dans cette histoire, chaque nouvelle information ne fait que renforcer ses interrogations...

CHAPITRE 19

Neuf heures moins dix. Tout à l'heure, il a déposé Jean-Michel à l'école. Il a miraculeusement pu se garer tout près du journal, mais il se sent nerveux. Hier soir, il a tenté des manœuvres de rapprochement avec Sylvie. En vain. Elle lui a tourné le dos en disant : « Demain, j'ai une journée d'enfer. J'ai un déjeuner avec Gédéon Parez. Il postillonne et pue du bec. C'est une horreur. » Il n'a pas insisté, et la nuit a été pénible, farcie de réveils en sursaut, trempé de sueur. Lorsqu'il a fini par se lever, la tête lourde, le cerveau en vrac, les yeux hagards, il s'est senti misérable, sans forces.

Où a disparu leur complicité ? Comment, et pourquoi, a-t-il laissé déraper leur vie commune ? Il a absolument besoin d'en griller une dans le petit square. Il tombe sur Adrien Festu, occupé à se gratter le crâne avec l'application admirable d'un chimpanzé s'épouillant sous le regard envieux de ses congénères.

« Ah salut Dimitri !

-Salut. Tu veux une clope ?

-Évidemment… Tu as passé un bon week-end ?

-Ça peut aller…

-Dis donc, j'ai un truc à te dire… »

Dimitri ne répond pas, il attend la suite. Il sait que Festu est un incorrigible bavard. Mais, ce matin, il n'est pas d'humeur à supporter l'un de ses interminables monologues.

« C'est… délicat…

-Bon, ben, vas-y, crache ta Valda !

-Il y a deux semaines, quelques jours avant l'accident de Marie-Aude, elle était venue fumer une clope. Elle ne m'avait pas vu. Il faut dire qu'elle était en grande conversation au téléphone. Et, tu la connaissais, quand elle parlait, on l'entendait de loin…

-Viens-en au fait, j'ai pas toute la journée !

-Oui… Je l'ai clairement entendue dire *« Je t'assure ! Ce n'est plus qu'une affaire de jours, de semaines tout au plus, et j'aurai enfin la peau de De Mérot ! »*

Dimitri a un haut-le-corps. « Tu ne pouvais pas me le dire plus tôt ?

-J'ai hésité. Je ne savais pas si ça pouvait avoir une quelconque importance. Et puis, j'ai lu un article dans ton canard parlant de ce type dans l'affaire Hubaud-Bréval. Drôle de coïncidence, non ?

-Tu es certain, absolument certain que tu as bien entendu le nom de De Mérot ? Tu n'étais pas encore à l'ouest ? »

Adrien Festu tire une longue bouffée sur la Camel que Dimitri lui a offerte. « Je sais qu'il m'arrive de ne pas toujours être au meilleur de ma forme…

-C'est le moins qu'on puisse dire ! » ricane Dimitri.

« D'accord, d'accord, tu as raison… Mais je peux t'assurer que ce jour-là, je suis formel à cent pour cent, Marie-Aude a bien dit *« J'aurai la peau de De Mérot ! »*

-Bien… Évidemment, ça change tout. Là, on n'est plus du tout dans le trip *week-end en amoureux qui tourne mal*… Merci Adrien. Je vais creuser, et je te tiens au courant.

-Tu me files une clope pour tout à l'heure ? »

*

« Quel con ! »

Émilien Nocker n'est jamais tendre lorsqu'il se parle à lui-même. Pourquoi n'a-t-il pas pensé à faire une sauvegarde du contenu de l'ordinateur de Marie-Aude ?

Les yeux perdus dans le jardin de la maison, déprimé comme lui à l'approche de l'hiver, il se souvient. C'était au mois d'août. Ce dimanche-là, Marie-Aude était de permanence à *L'Actualité*. Elle ne rentrerait pas avant vingt-trois heures au moins. Pour distraire Oscar, il l'avait emmené au bois de Vincennes. Au détour d'un chemin, il avait failli entrer en collision avec Cécile Jelinek. Ils s'étaient connus aux Beaux-Arts, il ne l'avait plus revue depuis près de dix ans.

« Qu'est-ce que tu deviens ?

-J'ai abandonné tout rêve de gloire dans la bande dessinée. Je travaille avec mon mari, désormais. Toi, en revanche, j'ai vu que ça marche du tonnerre avec l'âne Charly.

-Oui, ça tourne bien !

-J'ai toujours dit que tu étais le plus doué d'entre nous… C'est ton fils ?

-Oui, il s'appelle Oscar… »

Le petit, qui avait envie de continuer la promenade, gigotait au bout de son bras, lui tirait la main pour l'emmener.

« Tu es marié ?

-Oui. Marie-Aude est journaliste à *L'Actualité*… »

Cécile avait eu une moue d'étonnement. « Marie-Aude… Février, c'est ça ? »

À son tour, Émilien avait sursauté. « Oui, c'est bien ça… Tu la connais ?

-Pas personnellement. C'est plutôt mon mari qui la connaît : je suis l'épouse du docteur Morand… »

Elle n'avait rien ajouté, croyant qu'Émilien avait compris. Mais il l'avait regardée, visiblement largué. « Qui ? »

L'expression de Cécile avait changé, passant de la jovialité souriante au doute. « François Morand…

-Désolé, mais ça ne me dit rien.

-Ah ? Il est psychanalyste.

-C'est un ami de Marie-Aude ? »

Nouvelle grimace embarrassée de Cécile. « Tu ne sais pas que ton épouse est en analyse chez lui depuis quelques mois ? »

Émilien tombait des nues. Marie-Aude lui était toujours apparue comme un modèle d'équilibre. Pourquoi consultait-elle un psy en cachette ? Il avait eu un rictus imitant vaguement un sourire. « Non. Mais ce n'est pas très important, elle a le droit d'avoir son jardin secret… »

La conversation avait tourné court, et chacun avait repris son chemin.

Ce soir-là, une fois Oscar endormi, il avait tenté de résister, en vain. Dans le bureau de Marie-Aude, il avait ouvert l'ordinateur. Elle l'avait protégé par un code si évident qu'il n'avait eu aucune peine à y entrer.

L'un des dossiers affichés sur le bureau s'appelait Morand. Avec le sentiment diffus de forcer la porte d'une maison inconnue, il avait ouvert le dossier. Dedans, une trentaine de fichiers étaient alignés, classés par date, du 17 janvier au 8 août. Rien que des jeudis, il avait vérifié. Alors qu'elle était censée fréquenter une salle de sport avec l'une de ses copines après le boulot, Marie-Aude allait donc déballer sa vie chez le docteur François Morand, psychanalyste installé rue Ampère.

Un jour qu'il lui avait demandé pourquoi elle passait son temps à remplir des cahiers qu'elle conservait depuis l'adolescence, elle lui avait répondu, avec son rire inimitable, qu'elle était graphomane. « J'ai la manie d'écrire, quoi. Tout le temps, partout. Tu sais ce qu'on dit, les paroles s'envolent, les écrits restent…

-Mais ce que tu écris n'est pas destiné à être lu ?

-Non. Je fais ça juste pour mon plaisir, ça m'aide dans la vie… »

Il n'avait pas insisté, alors.

Face aux fichiers, la tentation de les ouvrir avait été forte, mais il avait su résister. Si Marie-Aude suivait une psychanalyse sans lui en parler, il n'avait pas le droit de violer son intimité.

Il avait refermé l'ordinateur et ne l'avait plus jamais rouvert, même s'il avait été plusieurs fois tenté de le faire.

Et voici que l'ordinateur a disparu, emporté par des cambrioleurs !

Il ne connaîtra jamais le contenu des entretiens que Marie-Aude avait chaque jeudi avec le docteur Morand. C'est peut-être mieux ainsi, tout compte fait, mais ça ne l'aide pas à sortir de ses idées noires…

CHAPITRE 20

La réunion de rédaction s'est éternisée. Depuis que Drichon sait que sa place ne tient plus qu'à un fil, il est encore plus excité qu'à l'accoutumée. Chaque matin, il arrive avec une dizaine d'idées, de projets. À certains moments, on croirait voir Eisenhower préparant le Débarquement.

« Dimitri, selon un de mes informateurs, la mairie de Paris a un agenda caché à propos des places de stationnement intra-muros. Il serait question d'en supprimer beaucoup plus et beaucoup plus vite qu'annoncé officiellement. Tu vois ça ? C'est un bon sujet de société. »

Il a opiné d'un air las. Pour l'heure, il a d'autres préoccupations que le stationnement à Paris. Si Adrien Festu ne s'est pas trompé, cela voudrait dire que le nouveau suspect de Marie-Aude n'était autre qu'Alexandre de Mérot, l'actuel président par intérim de la banque Bréval.

Sans hésiter, il compose le numéro de Robert Pressat.

« Je ne vous dérange pas ?

-Non, non, je vous en prie.

-Monsieur Pressat, est-ce que le nom d'Alexandre de Mérot vous dit quelque chose ?

-Oui, bien sûr.

-Je viens d'apprendre, totalement par hasard, que votre nièce a eu, il y a une quinzaine de jours, une conversation téléphonique au cours de laquelle elle a dit à son correspondant qu'elle aurait bientôt la peau de De Mérot, selon ses propres mots. »

Silence à l'autre bout de la ligne, rapidement rompu par un raclement de gorge. « C'est drôle… Elle n'a rien dit d'autre ?

-Non… Dites-moi, est-ce que vous pensez que de Mérot aurait pu tremper dans le complot monté contre votre frère en 1992 ?

-Maintenant que vous le dites… Oui, c'est tout à fait possible. À l'époque, de Mérot était directeur de je ne sais quel département à la banque Bréval, et il visait le poste de vice-président, celui qui aurait dû normalement revenir à Cédric.

-Votre frère ne l'a jamais soupçonné ?

-Non. Je vous l'ai dit, pour lui, il était clair que le crime était signé Hubaud-Bréval. Il me disait : *« Je sais que c'est lui, et je sais même pourquoi ! »*… Mais il n'a jamais voulu m'en dire plus. »

Dimitri ferme les yeux, tente de faire le point intérieurement. Il reprend : « Monsieur Pressat, croyez-vous possible que Hubaud-Bréval n'ait joué aucun rôle dans ce complot, que de Mérot aurait pu agir dans son dos ? »

Son correspondant s'offre une quinte de toux monstrueuse avant de répondre : « Franchement, ce serait étonnant… En revanche, que Hubaud-Bréval et de Mérot se soient entendus pour se débarrasser de Cédric, pourquoi pas ? Mais, dites-moi, comment êtes-vous au courant de cet appel téléphonique ? Marie-Aude l'avait passé devant vous ?

-Non, non. Elle l'a passé dans un endroit public, une de mes connaissances l'a entendu par hasard, et vient de m'en parler.

-Donc, vous ne savez pas à qui elle parlait ? Ce serait intéressant de le savoir.

-Effectivement, mais je ne le sais pas, malheureusement... »

Il entend soudain des éclats de voix en provenance du bureau du rédacteur en chef. Il tourne la tête, voit Drichon, debout, écarlate, en train de hurler. Face à lui, Aymeric Fourment le toise avec un petit sourire ironique. Dimitri ricane. La vanité de ces coqs de basse-cour, toujours en lutte pour la première place, le ramène à la banque Bréval où une autre guerre de succession est engagée.

« Monsieur Pressat, aux obsèques de votre nièce, j'ai rencontré l'une de ses amies d'enfance. Elle m'a expliqué que Marie-Aude avait appris l'existence de son vrai père par l'intermédiaire d'une lettre anonyme. Vous le saviez ? »

Nouveau raclement de gorge. « Évidemment, puisque c'est moi qui en étais l'auteur. »

Dimitri l'aurait juré...

« Pourquoi vous avez fait ça ?

-C'était la seule façon pour moi d'apprendre à Marie-Aude qui était son vrai père. Je savais que sa mère ne lui en parlerait jamais. Moi, je vous l'ai dit déjà, je ne pouvais pas admettre que Cédric meure une seconde fois en étant oublié de tous, et particulièrement de sa fille. Alors, c'est vrai, ce n'était pas très glorieux, mais c'est le seul moyen que j'ai trouvé... »

Quand Émilien parlait d'une histoire familiale compliquée, il était encore bien en dessous de la vérité...

« Bien, je vous laisse. Merci pour les informations. De mon côté, je vous tiendrai au courant si j'en apprends davantage. »

*

Fourment vient de sortir du bureau de Drichon en claquant la porte. Il traverse la rédaction sans un regard à personne. « Si c'est lui qui devient rédacteur en chef, on n'est pas encore sortis de l'auberge, question emmerdeur, il a l'air aussi doué que l'autre » songe Dimitri en le regardant se diriger vers l'ascenseur.

Il ouvre son smartphone, trouve le numéro d'Émilien.

« Salut, c'est Dimitri. Je te dérange ?

-Non. J'étais en train de chercher des idées pour l'âne Charly, mais je me sens complètement sec…

-Comment ça va avec Oscar ?

-Ça va, mais il m'est encore tombé une drôle de tuile sur la gueule… Vendredi, en rentrant du cimetière après l'enterrement, j'ai vu qu'on avait eu de la visite.

-Tu as été cambriolé ?

-Et pas un peu. Tout a été retourné, salon, cuisine, chambres. Ils ont piqué des bijoux, la télé, l'ordinateur de Marie-Aude, même mes disques de jazz et des jouets du gamin. J'ai jamais vu un bordel pareil, on aurait cru qu'une tornade avait traversé la maison. Et Oscar qui pleurait en découvrant sa chambre… Je peux te dire que le week-end a été chargé. Tout remettre en ordre, ranger, nettoyer… Comme si on n'avait pas déjà assez morflé…

-En effet… Tu as déposé plainte ?

-Oui, mais la fliquette qui m'a reçu au commissariat m'a bien fait comprendre que ça ne servait pratiquement à rien, et que tout ce qui a été volé a sans doute déjà été refourgué.

-C'est très possible, en effet… Dis donc, Émilien, j'avais une question à te poser. Est-ce que Marie-Aude t'a déjà parlé d'un certain Alexandre de Mérot ? »

Il a le vague sentiment d'avoir déjà vu ce nom quelque part. Mais c'est trop flou dans sa mémoire.

« Non. Pourquoi ?

-C'est le vice-président de la banque Bréval, et je me demandais si elle ne cherchait pas des informations à son sujet.

-Quel genre d'informations ?

-C'est ce que je cherche, justement.

-Pourquoi ? »

Il ment : « Parce qu'on m'a chargé de poursuivre son boulot sur la vie des entreprises. Dans les notes qu'elle a laissées sur son bureau, j'ai trouvé le nom de De Mérot..

-Désolé, mais je ne peux pas t'aider.

-C'est pas grave... Par ailleurs, à l'enterrement, j'ai retrouvé Sarah Laignier, une amie de Marie-Aude qui a été ma stagiaire au journal il y a quelques années. Elle m'a dit que Marie-Aude enquêtait sur les causes de la mort de son père. Tu étais au courant ?

-Pas du tout... La cause de la mort, on la connaît, c'est le cancer, pancréas je crois me souvenir. Pas besoin d'une enquête, je comprends pas...

-Eh bien, justement, il paraît que Marie-Aude était persuadée que sa mère lui avait menti.

-Ah... C'est Sarah qui t'a raconté ça ? Comment était-elle au courant, elle ?

-Apparemment, elle parlait régulièrement avec Marie-Aude.

-Effectivement, elles passaient de longs moments ensemble... Mais, même si c'était le cas, quelle importance aujourd'hui ? »

Dimitri comprend qu'Émilien n'a aucune envie d'évoquer ce sujet avec lui dans cette période de deuil difficile.

« C'est vrai... Désolé de t'avoir dérangé. À plus ! »

L'appel terminé, Dimitri pose son menton sur ses mains croisées et réfléchit. Un cambriolage chez Marie-Aude, le vol de son ordinateur personnel. Se pourrait-il qu'il y ait un rapport avec ses recherches sur son père ?

QUATRIÈME PARTIE
LE BAL DES FAUX CULS

CHAPITRE 21

« Professeur Moizan ? Bonjour. Vous ne me connaissez pas, mais je m'appelle Dimitri Boizot, je suis journaliste. Je travaille au quotidien *L'Actualité*. Stéphane Septidi est mon beau-frère. Lors d'un déjeuner, il m'a appris que les enquêteurs vous ont chargé d'une mission d'expertise sur l'accident d'avion qui a coûté la vie à Rodolphe Hubaud-Bréval et à ma consœur Marie-Aude Février. »

À l'autre bout de la ligne, Thierry Moizan est déjà en train de soupeser ce qu'il peut dire ou pas. L'autre jour, Septidi l'a appelé pour le prévenir que Boizot allait le contacter. Il le lui a décrit comme quelqu'un de sérieux et de fiable. Mais il s'est toujours méfié des journalistes et de leur propension à vouloir tout simplifier. Enfin, il se décide : « Monsieur Boizot, vous devez savoir que ma mission est confidentielle. Je ne peux rendre compte de mes constatations qu'aux enquêteurs du BGTA... Cela dit, mon excellent ami Stéphane m'a assuré que vous ne trahissez pas vos sources et que vous ne déformez pas les informations que vous recevez... C'est exact ? »

Dimitri, surpris par une telle naïveté, ne peut s'empêcher de ricaner : « Professeur Moizan, vous devez bien vous douter que je ne vais pas vous dire le contraire. Autant demander à un boucher si son beefsteak est tendre... »

Petit rire de son correspondant. « Vous avez raison... Je veux simplement vous faire comprendre que je me trouve dans une position délicate. Je n'ai pas le droit de vous parler, encore moins de vous informer. Je risque gros. Ma réputation, évidemment, mais aussi des poursuites pénales pour violation du secret de l'instruction... Même si chacun sait qu'il l'est régulièrement... Toutefois, au nom de ma longue amitié avec le professeur Septidi, je veux bien vous informer. À une condition, une seule, mais qui est pour moi absolue, c'est que vous vous engagiez sur l'honneur à n'en rien divulguer, d'aucune manière que ce soit, aussi longtemps que le parquet n'aura pas autorisé sa diffusion. J'ai votre parole ?

-Absolument. Rien ne paraîtra qui puisse vous mettre en difficulté, je vous le jure.

-Bon... »

Au bout de la ligne, Dimitri entend un profond soupir. Il sent une forme d'excitation monter en lui. Si Moizan prend tellement de précautions oratoires, c'est qu'il doit avoir du lourd. Il attend en silence, afin de ne pas le braquer. Enfin, après un toussotement, son correspondant se lance : « Avant-hier, après avoir examiné de très près le réservoir du Piper, en tout cas ce qu'il en reste car il a été fortement endommagé, j'ai l'impression – pour être sincère, c'est même plus qu'une impression – qu'il a été saboté. J'ai découvert une petite ouverture, trop régulière pour être consécutive à l'accident. Un peu comme si quelqu'un avait utilisé un poinçon pour y percer un trou. Rien de spectaculaire, hein, une ouverture juste suffisante pour permettre au kérosène de s'écouler peu à peu, comme un sablier si vous voulez.

-C'est incroyable !

-Oui… En mesurant avec précision le diamètre de cette ouverture, je me suis livré à un petit calcul. En tenant compte de la capacité du réservoir, du débit de carburant que permettait ce trou, en tenant compte aussi de la distance qui a été parcourue par le Piper et de la consommation, je suis parvenu à formuler l'hypothèse que le sabotage a dû être pratiqué quatre heures avant le décollage, soit vers huit ou neuf heures du matin. »

Le professeur Moizan s'exprime avec l'aisance et la clarté d'un enseignant sûr de son fait.

« C'est fou, ça ! Vous avez déjà transmis vos conclusions aux enquêteurs ?

-Je suis allé les voir hier après-midi pour leur présenter le résultat de mes recherches. J'ai évidemment pris soin de préciser qu'il ne s'agit que d'un avis. Je dois bien dire que les gendarmes ont été aussi estomaqués que vous. Compte tenu du caractère éminemment délicat du sujet, puisque l'on passerait alors du terrain de l'accident à celui de l'homicide, et même du double homicide, les enquêteurs vont demander confirmation à deux experts indépendants.

-Deux contre-expertises, en quelque sorte ?

-Oui, exactement. A priori, elles devraient être réalisées dans le courant de la semaine, avec des résultats qui pourraient tomber d'ici une quinzaine de jours.

-Mais, en ce qui vous concerne, vous n'avez pas vraiment de doute, si j'ai bien compris ? »

Un silence. Thierry Moizan sait que la rigueur scientifique lui interdit de répondre positivement à cette question.

« Monsieur Boizot, les journalistes aiment bien les déclarations-choc, celles qui permettent des titres attirants. Je vais vous décevoir, mais si je vous disais que je n'ai pas de doute, je vous mentirais. Peut-être les deux autres experts, que je ne connais pas, arriveront-ils à des conclusions diamétralement opposées aux miennes…

-Je comprends.

-Cela dit, et en *off* pour employer votre jargon, à titre personnel, je pense vraiment être dans le bon…

-D'accord…

-Monsieur Boizot, je vais devoir vous laisser. Mais je me répète une dernière fois : pas un mot dans votre journal ou ailleurs, en attendant un communiqué du parquet. Je vous fais confiance… »

En coupant la communication, Dimitri ressent l'euphorie du chasseur de scoops qui vient de lever un lièvre de dimension…

*

Assis devant son ordinateur, Daniel Benaïssa sourit d'un air entendu. Quand Boizot entre en coup de vent dans son bureau, avec le regard brillant, cela veut dire qu'il a mis la main sur du tout bon. Il s'assied en face de lui sans y être invité. Les deux mains levées comme s'il s'apprêtait à faire une bénédiction urbi et orbi, il lance : « Daniel, j'ai un scoop énorme… Mais je ne peux pas en parler tout de suite. Je t'explique… »

Ce n'est pas la première fois que Dimitri lui joue le grand air de l'embargo à respecter pour éviter de faire capoter une enquête. Mais, ici, après avoir écouté son récit, il mesure la dimension de l'information.

« Tu comprends, je ne peux pas griller mon informateur…

-Évidemment, et je comprends aussi qu'il ne faut surtout pas en parler à Drichon… Comment tu fais pour débusquer des trucs aussi gros ? »

Dimitri esquisse une moue de modestie peu convaincante. Il ne peut pas avouer à son supérieur, même si celui-ci est aussi un ami dans la vie, qu'il a bénéficié d'un coup de chance extraordinaire. Sans le repas de famille à Vernouillet, jamais il n'aurait entendu parler du professeur Moizan.

« Disons qu'il faut un peu de… réussite… En tout cas, ce qui est sûr, c'est que je vais pouvoir mettre à profit les quelques jours d'avance que j'ai sur nos confrères pour trouver des infos exclusives lorsque le parquet communiquera officiellement.

-Tu as déjà une idée ?

-Si l'avion de Hubaud-Bréval a été saboté, c'est forcément lui qui était visé… Donc, la solution doit être trouvée dans le petit monde de la banque Bréval, avec son contexte de guerre de succession. »

Benaïssa paraît dubitatif. « Tu ne vas pas un peu vite en besogne, là ? On n'est pas du tout certain que l'avion ait été volontairement endommagé.

-Franchement, Daniel, mon informateur m'a clairement laissé entendre qu'il est sûr de son fait à quatre-vingt-dix-neuf pour cent.

-Admettons… Tu comptes faire quoi ?

-Demain ont lieu les obsèques de RHB au Vésinet. Je me dis que je vais aller y jeter un œil. Ça pourrait être instructif… »

PATRICK PHILIPPART

CHAPITRE 22

France Bréval est une belle femme qui a dû être très séduisante dans sa jeunesse et qui possède encore un charme certain. Vêtue d'un tailleur bleu nuit et d'un chemisier blanc qui souligne l'éclat de son teint, elle accueille personnellement toutes les personnes venues rendre un dernier hommage à son mari. Dimitri la salue d'un signe de tête en se présentant : « Dimitri Boizot, du journal *L'Actualité* ». Elle consent un léger sourire en murmurant : « Merci pour votre présence... » À ses côtés, son fils semble plongé dans une profonde mélancolie. Hervé Hubaud-Bréval a trente ans à peine, mais l'insouciance de la jeunesse n'est déjà plus, pour lui, qu'un lointain souvenir. Il serre distraitement la main de Dimitri. Son épouse, dans une robe noire de grossesse qui met en valeur ses cheveux blonds et son teint doré, tient son rôle avec application. Il note quand même qu'elle ne paraît pas très proche de son mari. Elle se tient à un mètre de lui et, à aucun moment, leurs regards ne se croisent.

Pendant l'homélie, il les observe à la dérobée. Étrangement, Stéphanie Hubaud-Bréval paraît plus affectée que son mari, refoulant en permanence ses larmes.

Il scrute l'assistance. Comme toujours dans ce genre de réunion très formelle, les clans se marquent nettement. Tout à l'heure, à l'entrée de l'église, il a vu le regard de France Bréval se durcir au moment d'accueillir trois hommes arrivés ensemble. Elle leur a serré la main sans un mot, en s'efforçant d'afficher un visage impavide. Mais Dimitri a bien senti toute sa tension, et même une certaine crainte.

Maintenant, installés au deuxième rang, ils tiennent un conciliabule, indifférents au déroulement de la cérémonie. Dans le plus âgé, il a reconnu Alexandre de Mérot, grâce au dossier fourni par Inès. À sa droite, un trentenaire disgracieux semble l'écouter religieusement. À sa gauche, un petit homme sec d'une cinquantaine d'années, aussi sympathique qu'un furoncle, arbore un large sourire satisfait, plutôt déplacé dans pareil lieu et en un tel moment. Ce trio lui évoque un parrain de la mafia entouré de ses deux lieutenants. Et c'est un peu de cela qu'il s'agit, tout compte fait. Dans le dossier qu'il a étudié la veille, Dimitri a noté que le plus jeune des trois, Régis Tartakover, est le directeur du département des investissements extérieurs. Un job sans prestige particulier, mais qui lui permet de siéger au comité exécutif de la banque, là où se prennent vraiment les décisions. L'autre s'appelle Raphaël Rebulet, il est le porte-parole de la banque Bréval et se retrouve également au comité exécutif. Visiblement, ces trois-là s'entendent comme larrons en foire.

Le regard de Dimitri revient de l'autre côté de la nef. France Bréval a agrippé la main de son fils et la tient avec fermeté, en un geste qu'il ne parvient pas à interpréter vraiment. S'agit-il de tendresse maternelle, de volonté de se sentir plus forte grâce à ce rapprochement, ou au contraire de transmettre un flux d'énergie à ce fils qui semble tellement abattu ? Sa belle-fille, elle, a le regard dans le vague, comme perdue dans ses pensées. À sa gauche, Dimitri reconnaît Olivier Guillaumin, qui l'a superbement ignoré en entrant dans l'église. Il a passé un bras autour de l'épaule de sa fille et lui chuchote des paroles de réconfort. Dimitri le découvre dans ce rôle de père attentionné, si éloigné de l'avocat dur, cassant et plein de morgue qu'il connaît.

À cet instant, un quinquagénaire à l'air obséquieux vient s'asseoir non loin de France Bréval. Il semble nerveux, jette de fréquents regards vers les trois autres. Dimitri identifie Armand Letexier, le directeur adjoint des placements institutionnels, un autre vieil ami de RHB. Il transpire abondamment, semble très mal à l'aise.

Derrière lui, deux autres membres du comité exécutif paraissent avoir choisi leur camp en s'installant à proximité des membres de la famille Hubaud-Bréval.

Trois rangs derrière, un homme d'une soixantaine d'années est assis tout seul. Depuis qu'il est arrivé, il ne cesse de dévisager les personnes présentes avec une insistance gênante. Il a une tête d'oiseau de proie, surmontée d'une épaisse chevelure blanche aux longues mèches figées à l'aide de gel. Arrivé en dernier lieu, il s'est avancé dans la travée centrale d'un pas lent et solennel. En le voyant, Dimitri a pensé à un huissier de justice, peut-être à cause de la chemise verte qu'il tient sous le bras, bien serrée, comme s'il craignait de la laisser tomber. Quand il s'est présenté aux Bréval, France n'a pas semblé surprise. Elle lui a parlé en souriant, paraissant ravie de retrouver une vieille connaissance. En revanche, de Mérot s'est contenté d'un bref signe de la main. Mais l'autre a insisté, s'est penché vers lui pour lui glisser quelques mots à l'oreille, avant d'aller s'asseoir à bonne distance, l'air satisfait. Dans le clan de Mérot, les trois hommes se sont lancés dans une conversation à voix basse, dès qu'il a tourné le dos.

Dimitri fronce les sourcils. Il lui semble reconnaître Christian Terris, le directeur du département Mécénat de la banque. Mais, si c'est bien lui, il a énormément maigri par rapport à sa photographie figurant dans le rapport 2018 de la société.

Comme s'il avait senti le poids d'un regard, Terris se tourne vers lui, lui décoche un sourire furtif. Dimitri en est de plus en plus persuadé : c'est parmi tous ces gens que se trouve, sans aucun doute, l'explication du décès de Marie-Aude…

CHAPITRE 23

« C'est vraiment le bal des faux culs » songe Dimitri. Face au cercueil de Hubaud-Bréval qui vient d'être mis en terre, il assiste à un défilé de gens arborant des mines ravagées. De Mérot prend tout son temps avant de lancer une rose dans la fosse. On dirait qu'il tient un monologue muet. Puis il se tourne vers France Bréval, l'étreint et lui glisse quelques mots à l'oreille. Avec Hervé, il se contente d'une poignée de main glaciale. Il s'incline légèrement vers son épouse et s'en va, suivi par ses deux compères, un mètre derrière lui, dans un ballet bien réglé.

Dimitri, en retrait, observe la scène d'un œil critique. D'expérience, il sait que les enterrements sont toujours révélateurs des relations entre les participants, même si les gestes sont très codifiés.

Il ne lui a pas échappé qu'en se dirigeant vers la sortie du cimetière, les trois hommes sont passés devant Christian Terris sans lui accorder l'aumône d'un regard. Lui, de son côté, les a suivis des yeux sans se défaire de son drôle de sourire, en s'éventant lentement avec la chemise verte.

D'un pas décidé, Dimitri se dirige vers lui. Le sourire de Terris s'élargit en le voyant s'approcher.

« Monsieur Terris ? Je m'appelle Dimitri Boizot, je suis journaliste à *L'Actualité*. J'étais le confrère de Marie-Aude Février, qui a disparu…

-Je sais » l'interrompt Terris.

Du coin de l'œil, Dimitri remarque que de Mérot et ses deux compagnons se sont retournés. Ils paraissent inquiets de le voir parler à Terris.

« Vous êtes le directeur du département Mécénat à la banque Bréval, c'est exact ?

-J'étais. Hier, de Mérot m'a viré.

-Ah ? Je suis désolé…

-Ne le soyez pas, vous n'y êtes pour rien… Vous vouliez me demander quelque chose ?

-Eh bien, en fait, je cherche des informations sur la banque Bréval.

-Quel genre d'informations ?

-Disons… les coulisses, la manière dont ça se passe entre les dirigeants. »

Terris éclate d'un rire bruyant, un peu forcé, comme s'il cherchait à tout prix à attirer l'attention sur lui. « Vous ne pouviez pas mieux tomber ! »

*

Dimitri jure intérieurement. Il comprend qu'il s'est laissé berner. En l'amenant dans ce restaurant de la rue des Petits Champs, Terris devait savoir qu'il y retrouverait de Mérot, Tartakover et Rebulet.

« Le monde est petit ! » a-t-il lancé en les découvrant à une table près du bar. Puis il a serré la main du patron, en vieil habitué. « Monsieur Terris, quelle bonne surprise ! Ça fait une paie !

-Eh oui ! Comme vous voyez, je ne suis pas encore mort. N'est-ce pas, les gars ? » a-t-il fait à l'intention des trois autres.

Une fois assis à une table d'angle, Dimitri demande : « Vous saviez qu'ils seraient ici, n'est-ce pas ? »

Terris a un léger haussement d'épaules. « Oui et non. C'est un peu la cantine de la banque Bréval, ici. Mais surtout, on y mange bien. »

D'où il est, Dimitri a une vue imprenable sur la tablée de De Mérot. Les trois hommes sont visiblement furieux.

« Vous prenez un apéro, monsieur Boizot ?

-Oui, pourquoi pas ?

-Une coupe de champagne ? J'adore, mais je n'en ai plus bu depuis… très longtemps. »

Dimitri se sent mal à l'aise face à cet homme qui semble surjouer son rôle d'imbécile heureux. La main droite posée sur la chemise verte, il se retourne pour héler le patron, en profite pour adresser un signe de tête ironique à de Mérot.

« Alors, monsieur Boizot, les coulisses de la banque Bréval… Par où commencer ?

-Si vous me disiez d'abord où vous en êtes vous-même…

-Je vous l'ai dit, j'ai été viré hier. Sans surprise. Depuis la mort de Rodolphe, je savais que j'étais sur la sellette. Mais je dois reconnaître que de Mérot n'a pas perdu de temps.

-Vous étiez lié à monsieur Hubaud-Bréval ?

-Complètement. C'est lui qui m'a mis le pied à l'étrier. Quand j'avais été engagé chez Bréval, en 1983, c'était au temps du père de France. Il voulait créer un embryon de service informatique, mais sans y mettre les moyens… C'est vraiment Rodolphe qui a développé le service et qui m'a fait confiance pour le diriger…

-D'accord. Mais votre ami n'était pas vraiment blanc-bleu sur le plan de la vie privée, si je me fie aux bruits qui courent. »

Terris ricane : « Il sautait sur tout ce qui bouge si c'est ce que vous voulez dire. Il ne s'en est jamais caché. Il avait du charme, de l'argent, il n'avait qu'à se baisser...

-Oui, enfin... On dit aussi qu'il était du style harceleur. »

Cette fois, Terris a une moue de mépris. « Laissez courir les rumeurs, Rodolphe aimait les femmes, mais c'était un gentleman... »

Dimitri comprend que la conversation risque de tourner court. « Pour en revenir à la banque Bréval, si je vous comprends bien, de Mérot fait déjà le ménage pour écarter les proches de RHB ?

-Forcément. Il a toujours rêvé du pouvoir sans jamais l'exercer vraiment. La mort de Rodolphe lui en donne l'occasion, il ne va pas la laisser passer.

-C'est drôle, mais on dirait que ça ne vous dérange pas vraiment... »

Terris lève son verre : « À votre santé, monsieur Boizot. C'est la chose la plus précieuse au monde... Il y a huit mois, j'ai été victime de ce que l'on appelle un burn-out... Je ne le souhaite à personne. J'ai mis des mois à m'en sortir. J'étais seulement en train d'émerger lorsque s'est produit ce terrible crash... J'ai tout de suite compris que j'étais cuit. Pour me virer, le prétexte était tout trouvé, avec ma santé chancelante... Pour répondre à votre question, la prise de pouvoir par de Mérot me dérange beaucoup. Parce que c'est – excusez l'expression, mais elle est exacte – un sale con, magouilleur, intéressé... Mais je ne me sens pas la force de lutter.

-Et Hervé, le fils de Rodolphe, vous pensez qu'il va se laisser faire sans réagir ? »

Nouveau haussement d'épaules, accompagné d'un sourire résigné. « Hervé... C'est un mollasson. Intelligent, c'est certain, mais pas très courageux.

-Pourtant, extérieurement, il a l'air de quelqu'un de décidé... En revanche, il ne semble pas très proche de son épouse. Il y a du tirage entre eux ?»

Terris le regarde, les sourcils froncés. « Vous travaillez pour *Voici*, ou quoi ?

-Pas du tout, mais j'ai rarement vu un couple aussi en froid que ces deux-là. »

Christian Terris hausse les épaules. « Ils venaient peut-être de s'engueuler... Ça arrive, vous savez... »

Il s'interrompt. Un petit homme, tout en rondeurs, s'est arrêté à leur table.

« Gilles ! Quelle surprise ! Comment ça va ?

-C'est à moi de te poser la question.

-Ça va beaucoup mieux.

-Bien... Tu es de retour à Paris, tu reprends le boulot ?

-Non, je suis juste venu pour l'enterrement de Rodolphe, mais je repars cet après-midi.

-Eh bien bon appétit, et bonne continuation !

-À plus ! »

Terris attend que l'autre se soit éloigné : « Gilles Maestrazzi est juriste chez Bréval... Je ne sais pas comment il fait, mais il a toujours réussi à naviguer entre les clans. C'est un artiste en son genre...

-Et il n'est même pas au courant de votre licenciement ?

-Bien sûr que si, mais il joue les imbéciles avec un talent rare.

-C'est curieux, mais je ne crois pas l'avoir vu à l'église ni au cimetière.

-Rien d'étonnant. Comme je le connais, il aura dû s'inventer des obligations pour échapper à la corvée. Et surtout pour ne pas être obligé de choisir entre les Bréval et de Mérot.

-Mouais... Dites, si j'ai bien compris, vous ne vivez pas à Paris ?

-Je n'y vis plus... En fait, quand je me suis retrouvé sur le flanc, je ne supportais plus de rester ici. Alors je suis allé m'installer dans une petite maison de famille, très loin de la capitale, au Pays basque, dans une petite ville qui s'appelle Guéthary. »

Dimitri a un haut-le-corps. « Guéthary, ce n'est pas loin de Biarritz, non ?

-Effectivement...

-Vous saviez que votre ami Hubaud-Bréval se rendait pour le week-end à Biarritz quand il a eu son accident d'avion ? »

Terris a un moment d'hésitation avant de répondre : « Oui. Je l'ai lu dans les journaux... »

À cet instant, Dimitri est persuadé que l'autre lui ment. Mais pour quelle raison ? Il n'insiste pas. « Monsieur Terris, en dehors de la très mauvaise opinion que vous avez d'Alexandre de Mérot, pensez-vous que l'homme ait pu commettre des choses répréhensibles ? »

Haussement d'épaules et petit sourire ironique. « Des choses *répréhensibles ?* Vous avez le sens de la litote, vous. Des magouilles, quoi ! De Mérot a toujours eu besoin d'argent. Il n'a jamais pu se contenter de son salaire, pourtant très confortable. Mais, en même temps, c'est un médiocre, un gagne-petit, un minable qui se prend pour un aigle... En plus, il est très con. Et, comme beaucoup de cons, il a tendance à sous-estimer ses contemporains. »

Les yeux dans le vague, Terris se laisse aller à son péché mignon, la descente en flammes de ses ennemis. Dimitri l'interrompt : « Et les magouilles ?

-Un joli mot, non ? Vous ne trouvez pas que, dans magouille, il y a des sonorités qui ne volent pas très haut ? De Mérot, il y a pas mal d'années déjà, a mis au point un petit système qu'il a toujours cru génial, qui lui permet de percevoir des commissions sur les comptes des clients de la banque en échange de soi-disant conseils de placements. En y ajoutant des notes de frais gonflées comme des montgolfières, il arrive à tripler son salaire.

-Comment êtes-vous au courant ?

-Par Rodolphe. De Mérot l'a toujours pris pour un imbécile, tout juste bon à faire la fête, à se taper des filles, bref à prendre du bon temps. Il est vrai que Rodolphe était un bon vivant, mais il était loin d'être bête. Le jour où de Mérot lui a glissé, dans un lot de documents à signer, l'autorisation de percevoir les commissions en question, il a fait semblant de n'avoir rien remarqué. Il a signé. Mais pour une bonne raison : il plaçait ainsi de Mérot en position d'infériorité et, surtout, il a veillé à ce que ce document n'arrive jamais en conseil d'administration. Ce qui lui enlève toute valeur.

-Je ne comprends pas : quel était l'intérêt de RHB ?

-Très simple. Les commissions n'affectent pratiquement pas le bilan comptable de la banque Bréval, et elles lui assuraient la docilité d'un type qui lui était tout de suite apparu comme un adversaire.

-Pourquoi ne pas le virer tout simplement ?

-Parce que RHB n'aimait pas les conflits. Aussi longtemps que la banque tournait sans faire de vagues, il était content... Il a même fermé les yeux quand de Mérot a étendu le bénéfice des commissions à Rebulet d'abord, à Tartakover ensuite. Personnellement, je trouvais qu'il aurait alors dû réagir. Je le lui avais dit, mais il m'avait répondu : *« Ces trois minables s'imaginent qu'ils me manipulent, alors que je les tiens dans le creux de ma main. Le jour où je voudrai m'en débarrasser, je n'aurai qu'à claquer des doigts. Mais ce jour n'est pas encore arrivé. Pour l'instant, ils me servent bien. Ils font le boulot à peu près proprement, mais le jour où je déciderai de partir et de laisser la boîte à Hervé, leur sort sera réglé dans les trois mois. »* C'était quelqu'un, Rodolphe... »

Dimitri n'en revient pas. Sans le savoir, Terris est en train de lui offrir sur un plateau d'argent le mobile du sabotage de l'avion de RHB !

Il lance un regard furtif vers la tablée de De Mérot. Les trois hommes mangent en chuchotant, avec des gueules de conspirateurs.

« Monsieur Terris, je vais être très direct avec vous. Votre ami Rodolphe avait annoncé son intention de prendre sa retraite très prochainement au profit de son fils. Pensez-vous que de Mérot et ses acolytes, sentant le vent tourner, auraient pu s'arranger pour que l'avion... ?

-Vous pensez à un sabotage ? Franchement, vous vous faites du cinoche. Ce sont des minables, je vous l'ai dit. Avides, c'est sûr, assassins, non... De toute façon, l'enquête a conclu à un accident.

-L'enquête n'est pas terminée, monsieur Terris. Et, en vous entendant, je me dis que ces trois hommes ont beaucoup à perdre d'un changement de direction.

-J'y crois pas... »

Cette fois, Terris a l'air sincère. Dimitri décide de revenir à la charge. « D'accord. À mon tour de vous dire franchement que je ne crois pas que vous ignoriez le déplacement de RHB à Biarritz. Pour deux vieux amis comme vous, c'était l'occasion rêvée de se revoir, non ? »

Léger sourire. « Vous avez vraiment une imagination fertile. Les derniers contacts que j'ai eus avec Rodolphe étaient téléphoniques. Il prenait de mes nouvelles, c'est tout... Bien, je vais devoir vous laisser. À bientôt peut-être. Laissez-moi vos coordonnées, on ne sait jamais... »

CHAPITRE 24

Nathalie Gaumais jette un œil à l'horloge murale en voyant de Mérot ouvrir à la volée la porte de son petit bureau qui sert aussi d'antichambre. Il est près de quinze heures. Visiblement, à en croire sa trogne illuminée, il a dû bien arroser son déjeuner d'après-obsèques. Elle a du mal à réfréner une remarque. Un tel comportement la révulse. Quand elle pense que, la veille, il lui a interdit d'assister à l'enterrement de Rodolphe Hubaud-Bréval en gueulant : « Il n'en est pas question ! Vous devez assumer le secrétariat ! »

En l'entendant éructer ainsi, elle a cru qu'elle allait faire un malaise. Mais elle est solide, elle n'a rien dit, a tourné les talons et a regagné son bureau.

Il passe devant elle sans un regard, pénètre dans le bureau présidentiel et claque la porte derrière lui.

Nathalie Gaumais soupire. À cinquante-trois ans, elle a besoin de son emploi. Le salaire d'enseignant de Sylvain est insuffisant. Hier soir, en rentrant, elle s'est effondrée dans ses bras, en sanglots. « Tu te rends compte ! Vingt-deux ans que je travaille pour monsieur Hubaud-Bréval et je ne peux même pas assister à son enterrement ! »

Sylvain a tenté de la consoler comme il peut, mais la nuit a été horrible. Elle n'a pas pu fermer l'œil. Sans cesse, elle a réentendu les paroles méprisantes de De Mérot, en parallèle avec les compliments que savait si bien lui adresser monsieur Hubaud-Bréval. C'est de Mérot qui aurait dû crever, mais le monde est mal fait. Elle sent monter en elle une colère froide, comme elle n'en a plus connu depuis longtemps. Elle ne peut pas se laisser traiter de cette façon. Sa décision est prise. Elle va aller dire ses quatre vérités à ce fumier, et advienne que pourra. De toute façon, elle en est intimement persuadée, dès que de Mérot occupera effectivement la présidence, il la jettera comme une malpropre. Alors, un peu plus tôt ou un peu plus tard… Mais, au moins, son amour-propre sera préservé.

Elle se lève, se dirige vers la porte ornée d'une plaque de cuivre sur laquelle on peut lire PRÉSIDENCE en lettres majuscules. Pas la peine de frapper, c'est terminé de mettre des gants. Elle pousse la porte d'un coup, prête à débiter son discours. Mais elle s'arrête net. De Mérot est affalé sur son sous-main, le visage de travers, les bras posés de part et d'autre.

Elle se précipite, s'approche de lui. Il a les yeux grands ouverts mais ne semble pas la voir. Elle saisit sa main droite, tente de trouver son pouls. En vain…

*

Dimitri a posé les coudes sur la tablette de son bureau. Le menton sur les mains jointes, il n'entend pas le brouhaha de la rédaction, les collègues qui s'interpellent, le va-et-vient qui précède le bouclage de l'édition. Après avoir quitté Terris, il est rentré au journal, pensif et troublé. Plus il collecte d'informations, moins il a l'impression de comprendre. Le Piper de RHB a été saboté. C'est un fait qui sera bientôt officiel. De Mérot, Rebulet et Tartakover sont des suspects privilégiés, avec un mobile transparent. Si cette hypothèse est la bonne, alors il doit admettre que la mort de Marie-Aude ne serait rien d'autre qu'un dégât collatéral de la lutte de clans à la banque Bréval.

Mais il y a le témoignage d'Adrien Festu, qui ne colle pas avec le reste. Selon Sarah Laignier, Marie-Aude avait dans le collimateur quelqu'un qu'elle tenait pour le vrai responsable de la mort de son père. Se pourrait-il que ce soit de Mérot ? Dans ce cas, elle était peut-être la vraie cible de l'attentat.

Il pousse un long soupir. Il avait espéré faire le point avec Benaïssa, mais celui-ci est parti en reportage et il a précisé qu'il ne repasserait plus à la rédaction aujourd'hui.

Il a à peine coupé la communication que son portable sonne.

« Monsieur Boizot ? C'est madame Loumède. »

Son cœur fait un bond dans sa poitrine. Mélanie Loumède est l'une des enseignantes à l'école maternelle de Jean-Michel.

« Vous serez là bientôt ? Je dois absolument m'en aller dans un quart d'heure. »

Qu'est-ce que ça veut dire ? L'écran de son ordinateur indique dix-huit heures trente-cinq. Aujourd'hui, c'est Sylvie qui va récupérer Jean-Michel à la maternelle.

« Mon épouse n'est pas encore arrivée ?

-Non. J'ai essayé de la joindre, sans succès.

-OK. J'arrive tout de suite, je suis là dans dix minutes ! »

Il enfile son blouson, lance à Gastel, l'un de ses collègues du service Société : « Je dois filer, une urgence familiale !

-Rien de grave ?

-Non, non. À demain ! »

Il dévale l'escalier, traverse le hall d'accueil en coup de vent. Sa voiture est garée à une centaine de mètres. Il se met à courir. Sur son smartphone, il lance l'appel à Sylvie. Il n'y a même pas de sonnerie.

Après le bip, il laisse quand même un message. « C'est moi, rappelle-moi. Je fonce à l'école rechercher Jean-Michel ! »

*

« Je suis vraiment désolé, madame Loumède ! Ma femme a eu un contretemps… »

La maîtresse, les lèvres pincées, le regard noir, lui tend le cartable de Jean-Michel sans un mot. Dimitri soulève son fils dans ses bras et tourne les talons en lançant : « Excusez-moi encore… Bonne soirée… »

Cette femme en veut au monde entier, pour des raisons qui ne regardent qu'elle, et qu'il ne tient surtout pas à connaître. Elle fait toujours la gueule, au point qu'un jour, il l'a surnommée *l'institutriste*. Mais, aujourd'hui, il n'a ni le temps ni l'envie de se montrer aimable avec elle. L'absence de Sylvie, son silence l'inquiètent. En chemin, il a appelé Marc Floucaud, son employeur. « Sylvie ? Elle m'a prévenu ce matin que Jean-Michel était malade et qu'elle devait le garder pour la journée. Il y a un souci ?

-Non, non. Mais je n'arrive pas à la joindre. Merci, à plus ! »

Qu'est-ce que c'est que cette histoire ? Lorsqu'elle a quitté l'appartement ce matin, elle paraissait un peu nerveuse, mais guère plus que ces derniers jours. Pourquoi a-t-elle pris sa journée en servant un mensonge grossier à son patron ?

Il sangle Jean-Michel sur son siège, dépose un baiser sur son front.

« Ça va, mon grand ? Qu'est-ce que tu as fait de beau ? »

Le gamin vient d'avoir trois ans. Il déborde d'énergie, réinvente chaque jour le mouvement perpétuel. « Tu ne crois pas qu'il est hyperactif ? » lui a un jour demandé Sylvie, la voix fissurée par l'angoisse. Il l'avait rassurée, en prétendant que tous les enfants sont des piles électriques à cet âge-là. Il avait renforcé son affirmation avec un pieux mensonge, jurant que Claude et Mireille, ses deux aînés, agissaient exactement de la même manière.

« J'ai dessiné un bateau, avec des grandes voiles pour aller très loin…

-C'est bien, ça…

-Elle est où, maman ? »

Il a le même regard que Sylvie, sombre et pénétrant, un regard qui vous accroche et ne vous lâche plus.

« Elle a beaucoup de travail, c'est pour ça que je suis venu te chercher. »

*

L'appartement est vide. Il avait naïvement espéré la retrouver, assise à sa place préférée sur le canapé du salon, prête pour une explication musclée. Mû par un pressentiment soudain, il trotte à la chambre à coucher, ouvre la porte de la garde-robe. Rien ne manque. Visiblement, Sylvie n'est pas repassée ici pendant la journée.

« Papa, j'ai faim ! Qu'est-ce qu'on mange ? »

Merde ! Avec tout ça, il n'a pas du tout pensé au dîner du gamin. « Attends ! Je regarde… »

En ouvrant la porte du réfrigérateur, il découvre, soulagé, un bol en plastique avec le plat préféré de Jean-Michel, un mélange de carottes et de pommes de terre écrasées. Et il y a même un bout de viande qu'il va cuire en petits dés.

« Carottes à la Boizot !

-Ouais ! »

Finalement, comme le chante Baloo dans *Le livre de la jungle*, il en faut peu pour être heureux, particulièrement quand on a trois ans et la merveilleuse insouciance de l'enfance. En revanche, lorsqu'on est devenu quinquagénaire et que votre compagne est quelque part dans la nature, c'est plus difficile.

Il lance un nouvel appel sur son smartphone. Encore ce fichu répondeur !

Au salon, Jean-Michel a allumé la télévision. Il maîtrise mieux que lui les fonctions de la télécommande. Il n'a même pas le courage de le réprimander. Il pousse un soupir bruyant, appelle les parents de Sylvie. Elle s'est peut-être réfugiée chez eux, mais il n'y croit pas trop.

« Bonsoir Odette. Comment allez-vous ?

-Ça va… Et toi ?

-Vous avez eu des nouvelles de Sylvie aujourd'hui ? »

Silence au bout de la ligne. Dimitri devine l'angoisse subite de sa belle-mère. « Non. Pourquoi ?

-Elle n'est pas encore rentrée du travail, et je me demandais si elle n'était pas passée vous faire un petit coucou.

-Non… Vous vous êtes disputés ? »

Comme sa fille, la mère de Sylvie ne s'embarrasse jamais de circonlocutions. Inutile de lui mentir. « Disons que… c'est un peu tendu ces derniers temps, mais rien de grave…

-Oui… »

Dans ce oui et ses points de suspension, Odette Flaneau parvient à exprimer son scepticisme, sa réprobation et son désir d'en savoir davantage. Mais Dimitri refuse de s'appesantir sur les détails de ses relations avec Sylvie.

« Tu n'as pas essayé de l'appeler ?

-Si, bien sûr. Mais je tombe sur son répondeur.

-Elle va sans doute arriver bientôt. Dès qu'elle sera rentrée, préviens-moi, d'accord ?

-Je vous tiens au courant ! »

CHAPITRE 25

Dans l'immeuble de la rue La Feuillade, la nouvelle a semé la panique. Malgré les efforts des secouristes du SAMU, Alexandre de Mérot n'a pu être réanimé. « Crise cardiaque massive » a diagnostiqué le médecin envoyé sur les lieux. Parce que la procédure l'exige, la police a été prévenue, et une autopsie a été demandée afin de préciser les causes exactes du décès.

Justine Nègre, la jeune épouse de De Mérot, a été alertée. Au téléphone, Nathalie Gaumais lui a annoncé la nouvelle avec le plus de ménagement possible, mais son cri de détresse lui a glacé le sang. Lorsqu'elle est arrivée, le visage noyé de larmes, le corps secoué de sanglots, Nathalie l'a conduite dans le grand bureau, lui a offert à boire.

Depuis une heure, elle se sent étrangement calme au milieu de l'agitation et de la confusion ambiantes. Elle ne pense même plus aux phrases définitives qu'elle voulait cracher au visage de De Mérot. Elle ne l'avouera jamais, mais au fond d'elle, elle pense qu'elle vient de connaître un coup de chance unique. De Mérot disparu, elle peut à nouveau envisager l'avenir sous des couleurs moins sombres.

Elle entend soudain des éclats de voix dans le couloir. Elle va voir ce qui se passe et tombe sur Rebulet, face à Régis Tartakover en train de hurler : « C'est pas possible ! C'est pas vrai ! » Les yeux exorbités, le visage blême, il paraît incapable de dire autre chose. Rebulet lui a saisi les bras et tente de le calmer. Derrière eux, Hervé Hubaud-Bréval contemple la scène sans broncher, un peu comme si tout cela ne le concernait pas vraiment. En voyant Nathalie, il s'avance vers elle et, l'entraînant à l'écart, lui glisse : « Nathalie, faites passer la consigne : pas un mot à la presse. Nous allons devoir nous organiser très rapidement et nous diffuserons un communiqué officiel demain matin. En attendant, rien ne doit se retrouver sur les réseaux sociaux. Ce serait une catastrophe si nos clients apprenaient la nouvelle sur Facebook ou Twitter. »

Elle hoche la tête avec conviction. Elle ne connaît pas très bien Hervé, mais il lui est plutôt sympathique, avec ses manières de jeune homme bien élevé et son charme naturel. S'il succède à son père, ce sera pour elle une excellente nouvelle. Elle s'installe à son bureau et, au milieu des va-et-vient, rédige très vite un court texte intimant l'ordre à chacun de se montrer discret. Elle en imprime une vingtaine d'exemplaires et, d'un air décidé, en commence la distribution.

*

France Bréval fait les cent pas dans la véranda. Quand Hervé l'a appelée, elle a d'abord pensé à une blague. Une mauvaise blague, certes, mais une blague quand même.

« Je t'assure que c'est tout ce qu'il y a de sérieux ! C'est Nathalie qui l'a trouvé, affalé sur son bureau. Apparemment, il était rentré quelques minutes plus tôt du *Coupe-chou* où il était allé déjeuner avec Rebulet et Tartakover. »

Ils étaient certainement allés célébrer son sacre prochain, se dit-elle. Mais il n'y aura pas de sacre. Désormais, l'affaire est entendue. Hervé sera nommé président de la banque Bréval dès le mois prochain. Même si les statuts de la société ne prévoient pas la disparition, en moins de deux semaines, du président et du vice-président, la logique veut désormais que l'intérim présidentiel soit confié à un membre de la famille Bréval.

C'est, en tout cas, ce qu'elle dira lors de la réunion exceptionnelle du comité exécutif qu'elle va réclamer dès demain. Rebulet et Tartakover n'oseront pas s'opposer à sa présence. Sans de Mérot, ils ne sont plus rien, et ils le savent très bien.

Elle sourit. Pense à Christian Terris, qui est venu se montrer ce matin aux obsèques de Rodolphe, avec sa ridicule chemise verte dans laquelle, elle en est certaine, il n'y avait rien. Mais Christian a toujours aimé se donner de l'importance.

Elle s'arrête de marcher, regarde le parc...

*

À la même heure, Régis Tartakover et Raphaël Rebulet sont calfeutrés dans la salle du conseil d'administration. Affichant des mines défaites, ils se regardent en silence. Au bout d'un moment, Tarta lâche, sinistre : « On est dans une merde noire… Hervé ne va pas nous rater… Putain ! »

Rebulet n'a pas bronché. « Calme-toi ! Ce n'est pas en paniquant qu'on va s'en sortir… N'oublie pas que c'est RHB lui-même qui a signé le principe de nos commissions et de nos notes de frais. Juridiquement, on est couverts. »

L'autre lâche un ricanement ironique. « C'est ça… Sauf que la décision de RHB aurait dû être validée en conseil d'administration… Si Hervé veut nous emmerder, et il ne s'en privera pas, on va morfler, je te le dis… »

CHAPITRE 26

Neuf heures du matin. Toute la nuit, Dimitri a guetté le cliquetis d'une clef dans la serrure de la porte d'entrée, le claquement de l'ascenseur s'arrêtant à son étage. Il n'a pas dormi et se trouve dans un état de nervosité insupportable. Des mouchettes volètent devant ses yeux. C'est la première fois, depuis leur rencontre, que Sylvie découche sans raison. Il est certain que quelque chose a dû lui arriver. Dix fois, il a encore tenté de l'appeler, sans succès. Il a réveillé Jean-Michel, lui a préparé son petit-déjeuner, l'a emmené à la maternelle.

En se levant, Jean-Michel s'est inquiété de ne pas voir sa maman. Alors il a dû mentir, prétendre qu'elle était déjà partie au travail. Le gamin a eu l'air si malheureux que Dimitri a senti les larmes affluer. Il s'est détourné très vite avant de tenter un sourire peu convaincant. En déposant son fils à l'école, il l'a embrassé avec une chaleur inhabituelle.

Où reste Sylvie, bon Dieu ? Qu'est-ce qu'elle a fait depuis vingt-quatre heures ? Il se dit qu'il va faire le tour des hôpitaux. Il pense même à Paul Vendroux, son copain de la crim'…

Son smartphone se met à sonner. Il prend la communication sans même regarder qui l'appelle. « Dimitri ? C'est Marc, je n'arrive pas à joindre Sylvie. Ce n'est pas trop grave, avec votre gamin, au moins ? »

Marc Floucaud, il l'avait oublié. Normal qu'il s'inquiète en ne voyant pas arriver sa meilleure employée. « Salut Marc. Non, juste une grosse toux, mais comme le gosse fait un peu de fièvre, Sylvie a décidé de le garder à la maison. Elle m'avait demandé de te prévenir, mais je t'avoue que j'ai complètement zappé… Son smartphone est naze, elle l'a laissé tomber et elle va devoir en acheter un neuf.

-Ça me rassure. Je me faisais déjà tout un cinéma… Je pensais que le petit avait un gros pépin de santé, qu'il était à l'hôpital, peut-être…

-Non, tout va bien. C'est gentil d'avoir appelé, en tout cas.

-C'est la moindre des choses… Salut ! »

Dimitri coupe la communication. Pourquoi a-t-il inventé cette histoire ? Il agit comme si la disparition de Sylvie était une chose honteuse, qu'il faut cacher à tout prix.

Nouvelle sonnerie : ses parents. Ils tombent bien, il avait justement l'intention de les appeler.

« Salut, ça va ?»

La voix de son père : « La mère de Sylvie vient de nous téléphoner. »

D'un seul coup, il a l'impression de vaciller. Son front se couvre de sueur. Incapable de parler, il attend la suite, au bord de l'évanouissement.

« Vous vous séparez ? »

Inexplicablement, ces trois mots le rassurent. Il expire longuement avant de répondre : « Pourquoi tu me demandes ça ?

-Parce qu'Odette me dit que Sylvie n'est pas rentrée chez vous hier, après une dispute. »

Putain ! De quoi elle se mêle, la belle-mère ?

« Il n'est pas question de séparation, ni même de dispute !

-Sylvie est rentrée ?

-Pas encore…

-Ah… Où est-elle ?

-Je n'en sais rien, papa ! Vous voulez pas nous lâcher un peu ? On est assez grands pour régler nos problèmes nous-mêmes, tu sais.

-Tu as raison… Mais Odette nous a foutu la trouille, elle avait vraiment l'air tracassée. Elle voulait savoir si nous étions au courant ou pas.

-Elle ferait mieux de s'occuper de sa boulangerie.

-C'est pas grave, tu sais. Elle s'inquiète pour sa fille, c'est normal.

-Oui… Sauf qu'il n'y a pas de quoi s'inquiéter. »

Son père ne répond pas. Il doit être en train de penser à Andrée, la première épouse de Dimitri. Longtemps, face à ses parents, il avait alimenté la fiction d'un couple uni, jusqu'au jour où Andrée l'avait quitté en emmenant les enfants. De là à se dire que l'histoire est en train de se répéter, il n'y a qu'un pas qu'ils sont peut-être en train de franchir.

Dimitri insiste : « Je t'assure ! Tant que je te tiens au téléphone, tu pourrais aller chercher Jean-Michel à l'école cet après-midi et le garder chez vous, un jour ou deux, le temps que ça se tasse ? »

Il coupe la communication. La journée va être rude…

*

« Ah te voilà ! Tu as vu l'heure ? »

Il ne répond pas, se glisse à un bout de la table de réunion. Inutile de se confondre en excuses, Drichon n'attend que ça pour l'enfoncer. De toute façon, il n'est d'humeur ni à s'excuser ni à discuter. La disparition de Sylvie lui tord les tripes. Benaïssa lui adresse un sourire fugace, avec de l'inquiétude dans le regard. Il a bien compris, lui, que Dimitri n'est pas dans son état normal.

Drichon reprend, en le fusillant d'un regard noir : « Bon, puisque tu nous fais enfin l'honneur de ta présence, je veux tout savoir sur la banque Bréval, son histoire, sa direction, son avenir. Deux présidents qui se cassent la pipe à dix jours d'intervalle, c'est du jamais vu ! »

Dimitri ne comprend pas. Benaïssa se penche vers lui et chuchote : « La banque Bréval vient de diffuser un communiqué annonçant la mort d'Alexandre de Mérot. Crise cardiaque foudroyante à son bureau, hier, au retour des funérailles. »

Merde ! Il comprend mieux l'excitation de *Je pense que…,* son énervement en le voyant arriver en retard à la réunion de rédaction. Aussitôt, il songe à la phrase de Marie-Aude, qui voulait *la peau* de De Mérot. Elle l'a eue, mais de façon posthume.

L'affaire commence, en tout cas, à prendre des proportions inattendues. Deux morts, a priori accidentelles, qui ne le sont peut-être pas. Un troisième décès, apparemment naturel, mais providentiel pour Hervé Hubaud-Bréval, qui voit disparaître son seul adversaire pour la présidence de la banque. Il est temps d'aller faire un tour au siège de la banque Bréval…

CHAPITRE 27

Un bel immeuble discret dans la rue La Feuillade, tout en pierre de taille de teinte claire, proche de la place des Victoires. À côté de la porte d'entrée à deux battants, une simple plaque de cuivre, dont la modestie même doit rassurer les clients fortunés. Le siège de la banque Bréval a proscrit tout étalage d'un luxe déplacé. Dimitri lève les yeux vers une caméra braquée sur l'entrée. Il sonne. Aussitôt, une voix de femme résonne dans l'interphone. « Bonjour monsieur, que puis-je faire pour vous aider ? »

Il sourit. « Bonjour. Je voudrais voir monsieur Rebulet, de la part de Dimitri Boizot, de *L'Actualité*.

-Vous avez rendez-vous ?

-Non. Mais puisqu'il est le porte-parole de la banque Bréval, il pourra sans doute apporter une réaction officielle au décès de monsieur de Mérot. »

Deux secondes de silence. « Un petit instant, je vous prie. »

Dimitri attend, jette un long regard autour de lui. Il imagine les détenteurs de grosses fortunes se glisser jusqu'ici en prenant soin de ne pas se faire remarquer.

« Monsieur Rebulet vous attend. »

Un claquement, la porte s'entrouvre. Il se retrouve dans une cour intérieure pavée. À droite, trois marches d'escalier mènent à un hall où vient d'apparaître un petit homme maigre, affligé d'un long visage grisâtre, l'air souffreteux. Il s'avance avec un sourire contraint.

« Monsieur Boizot, c'est la première fois que nous nous rencontrons, non ? »

Sa voix grave jure avec son physique. « En fait, nous nous sommes croisés hier aux funérailles de monsieur Hubaud-Bréval, mais je comprends que vous ne vous souveniez pas de moi. Il y avait tellement de monde. » Dimitri sait très bien que Rebulet l'a reconnu. Lorsqu'il se trouvait au *Coupe-Chou* en compagnie de Christian Terris, il lui a lancé de fréquents regards, curieux et soucieux.

« Excusez-moi, je ne suis pas du tout physionomiste. Vous désirez avoir une réaction au décès de monsieur de Mérot pour votre journal ?

-C'est tout à fait ça.

-Suivez-moi dans mon bureau… »

Du mobilier en bois précieux, une bibliothèque remplie d'ouvrages de bibliophile et de rapports financiers reliés, deux hautes fenêtres aux lourds rideaux blancs, donnant sur la rue La Feuillade : la pièce fleure bon l'aisance sans ostentation. « Puis-je vous offrir quelque chose à boire ? »

Partager un verre avec quelqu'un dont on espère des confidences est un vieux truc de journaliste. Il accepte aussitôt.

« Whisky ? J'ai ici un Lagavulin 16 ans d'âge dont vous me direz des nouvelles.

-Parfait ! »

Rebulet a une telle gueule de faux jeton qu'il en devient presque émouvant.

« Vous suivez l'actualité économique et financière ?

-Non… Pas du tout. Pour ne rien vous cacher, je suis plutôt spécialisé dans les faits divers. »

Rebulet, occupé à prendre une bouteille et deux verres à l'intérieur d'un bar bien dissimulé dans un angle de la pièce, se retourne, l'air surpris. Dimitri reprend : « Aymeric Fourment, notre spécialiste des entreprises, est en reportage à l'étranger. Alors je prends le relais. La soudaine disparition de monsieur de Mérot, quelques jours après l'accident de monsieur Hubaud-Bréval, fait beaucoup jaser. À titre personnel, elle m'a terriblement surpris : une heure plus tôt, je le voyais encore en excellente forme au restaurant où je déjeunais en compagnie d'un ancien dirigeant de la banque, Christian Terris. Vous vous souvenez ? »

Rebulet pose un verre devant lui et arbore un sourire fugace, comme si la mémoire lui était revenue d'un coup.

« Oui, effectivement. Vous êtes une de ses connaissances ? »

Dimitri sourit intérieurement. La partie vient de s'engager. « Non, je l'ai croisé au cimetière. C'est lui qui m'a proposé de déjeuner pour parler de la banque Bréval… Je dois reconnaître que c'est un *bon client,* comme on dit dans le journalisme : il parle beaucoup, connaît beaucoup de choses. »

Rebulet, qui s'est assis derrière son bureau, hoche doucement la tête avec un petit sourire ironique. « Il est vrai que Christian a toujours été un beau parleur. Mais, si je peux vous donner un conseil, ne prenez pas nécessairement tout ce qu'il vous dit pour argent comptant. »

Dimitri joue l'imbécile en écarquillant les yeux. « Ah ? Pourtant, il m'a semblé très bien maîtriser son sujet, notamment sur les luttes d'influence à la banque Bréval… »

Raphaël Rebulet avale une gorgée de whisky. « Alors monsieur Boizot, ce Lagavulin ?

-Remarquable, vraiment… Pour en revenir à monsieur Terris, il m'a dit que le décès inopiné de monsieur Hubaud-Bréval avait déclenché une guerre de succession à la banque entre, si j'ai bien compris, monsieur de Mérot et le fils Hubaud-Bréval, Hervé je crois. Ce n'est pas exact ? »

Rebulet repose son verre, soupire. « Il n'y a jamais eu de guerre de succession à la banque Bréval. Depuis sa création, elle a toujours été dirigée par un membre de la famille. Hervé Hubaud-Bréval succédera donc à son père.

-Ah ? C'est officiel ?

-Non. La décision formelle n'a pas encore été prise. Mais elle le sera à l'issue du prochain conseil d'administration... En attendant, voici le communiqué officiel que nous avons diffusé sur le décès de monsieur de Mérot. Tout s'y trouve. Je n'ai rien à y ajouter. »

Dimitri s'empare du papier, dont le contenu ne l'intéresse pas le moins du monde. Il vide son verre. L'alcool lui donne un coup de fouet dont il a bien besoin. Il sourit, deux secondes à peine, puis reprend son masque de sérieux. « Monsieur Rebulet, avant que je vous laisse... Lors des obsèques de monsieur Hubaud-Bréval, à l'église et au cimetière, j'ai cru percevoir une... tension entre monsieur de Mérot, vous-même et madame Hubaud-Bréval, je me trompe ? »

Rebulet se masse les ailes du nez avec l'index de la main gauche, comme s'il était pris de soudaines démangeaisons. « Qu'est-ce que vous cherchez exactement ?

-Rien de particulier, mais mon métier m'amène souvent à me poser des questions... et à tenter d'y apporter des réponses.

-Dans ce cas, vous n'en aurez pas. »

Dimitri se contente de hausser les épaules en affichant un léger sourire ambigu. « Une dernière question quand même, si vous le permettez, il paraît que monsieur de Mérot avait mis au point une *technique* lui permettant, via des commissions et de plantureuses notes de frais, de s'offrir un train de vie très confortable. Vous avez un commentaire là-dessus ? »

Cette fois, Raphaël Rebulet accuse le coup. « Si c'est une plaisanterie, elle n'est pas drôle.

-Ce n'est pas une plaisanterie, croyez-moi. »

Son interlocuteur hoche la tête comme s'il soupesait la portée de cette dernière phrase. « Si ce n'est pas une plaisanterie, alors c'est une accusation, et je sais très bien d'où elle vient. Il ne faut pas chercher très loin… Christian Terris a toujours aimé se faire valoir, en racontant n'importe quoi. Je suppose – et j'espère pour vous – que vous avez des preuves de ce que vous avancez. »

Dimitri hausse les épaules avec une expression de mépris. « C'est évident.

-Alors, montrez-les ! Sinon, je me verrai dans l'obligation de vous demander de bien vouloir quitter ce bureau… En n'oubliant pas que la diffamation est pénalement punissable. »

Dimitri ne répond pas, il se lève, se penche pour serrer la main de son interlocuteur.

« Je vous remercie pour votre accueil… Ah oui, une dernière chose. Le jour de son enterrement, la maison de ma consœur, Marie-Aude Février, qui accompagnait monsieur Hubaud-Bréval lors de son dernier vol, a été la cible d'un cambriolage. On a emporté des dossiers et son ordinateur. Mais elle gardait une copie de son travail en lieu sûr au journal… Je vous souhaite une bonne journée… Et ne changez pas de whisky ! »

En sortant de l'immeuble, Boizot est satisfait. Il vient de lancer un grand coup de pied dans la fourmilière, quitte à prendre ses aises avec la vérité. Si, comme il le croit, ce Rebulet a trempé dans le sabotage du Piper, il doit se sentir dans ses petits souliers…

*

Cloîtré dans son bureau, Régis Tartakover broie du noir. La disparition soudaine d'Alex le laisse comme orphelin. En plus, Hervé va prendre le pouvoir et ça va tanguer. Il est malin. Il ne lui faudra pas longtemps pour remonter à la surface les petits arrangements imaginés par Alex.

Raphaël en est persuadé : légalement, on ne peut rien leur reprocher. Il en est moins sûr que lui.

Deux coups rapides frappés à la porte du bureau. Rebulet apparaît dans l'embrasure. Il semble plus excité encore qu'à l'accoutumée.

« Salut. Le gars qui était hier au *Coupe-Chou* avec Terris est un journaliste de *L'Actualité*. Je l'ai foutu à la porte. Il venait me voir, soi-disant pour avoir un commentaire officiel au décès d'Alex. En réalité, il voulait surtout me dire qu'il est au courant pour les commissions et les notes de frais… »

Tarta a le sentiment de se prendre un autobus dans la gueule. Il se tasse sur son fauteuil. Rebulet s'assied en face de lui avec, dans le regard, un éclair de haine. Alex n'aurait jamais dû faire entrer Régis dans leurs combines. Il est faible, donc dangereux. Il le contemple avec un immense mépris.

Tartakover lâche dans un souffle : « Je savais bien qu'on était foutus… »

Ah non, il ne va pas lui jouer la grande scène du trois ! « Qu'est-ce que tu racontes ? Ce journaliste est un con. Dans son canard, il est *spécialiste* des chiens écrasés, tu vois le niveau… Il a été tuyauté hier par cet abruti de Terris. Ce qui m'inquiète un peu, je ne te le cache pas, c'est comment Terris a pu être mis au courant… Boizot ne m'a parlé que d'Alex, rien sur moi ni sur toi. Donc, pas de panique… D'autant plus que si ce journaliste avait détenu des documents, il se serait fait un plaisir de me les montrer. Je suis sûr qu'il n'a rien de tangible dans les mains. Tu vois qu'il n'y a pas de quoi chier dans son froc ! »

Tartakover lui lance un regard vitreux de poisson mort. Rebulet insiste : « Tu as compris ce que je viens de dire ? »

Haussement d'épaules à peine ébauché. Rebulet reprend :« Je te rappelle que nos commissions et nos notes de frais sont transparentes, dûment approuvées par le président. On peut seulement tiquer sur leurs montants. Mais, jusqu'à nouvel ordre, un patron d'entreprise privée a encore le droit de rémunérer ses employés comme bon lui semble… »

Régis Tartakover ne répond pas. À quoi bon ?

CHAPITRE 28

En garant sa voiture dans le parking de l'immeuble, Dimitri se sent vidé. Le dossier qu'il a dû rédiger sur la banque Bréval après les morts successives de ses deux dirigeants l'a accaparé toute la journée. Pourtant, il s'est contenté d'un dossier classique, sans révélations particulières. À Daniel Benaïssa, il a parlé des petits *arrangements* entre de Mérot, Rebulet et Tartakover, en lui précisant bien qu'il est trop tôt pour les rendre publics.

Sa main tremble un peu en poussant sur le bouton d'appel de l'ascenseur. Pourvu que Sylvie soit rentrée, que ce cauchemar prenne fin. Parvenu au quatrième, il éprouve toutes les peines du monde à insérer sa clef dans la serrure. Il a l'impression de jouer sa vie à cet instant. Enfin, il ouvre la porte d'entrée de l'appartement, la referme à la volée. Un rapide coup d'œil dans le salon. Personne. Alors il va tout droit à leur chambre à coucher. Sans davantage de succès. Il pousse un long soupir bruyant pour tenter d'évacuer la tension qui lui tord l'estomac.

Cette fois, il en est persuadé, il est arrivé quelque chose à Sylvie. Il a l'impression de revivre le mauvais rêve marseillais, quatre ans plus tôt, lorsque Sylvie avait été enlevée par une folle meurtrière.[3] A-t-elle fait une mauvaise rencontre ? A-t-elle été agressée ? Ces questions sans réponse occupent tout son cerveau, l'empêchent de réfléchir. Une petite voix lui murmure quand même que Sylvie a appelé son patron la veille pour l'avertir de son absence et qu'elle semble donc avoir décidé elle-même son départ.

Il n'a pas le choix, il doit appeler Marc Floucaud.

Son portable déchire soudain le silence. Il s'en empare en tremblant, accepte l'appel.

« Dimitri, c'est Odette. »

Son cœur s'emballe soudain. « Oui. Bonjour… »

Il s'affale sur le canapé du salon.

« Je viens de parler à Sylvie. Elle va bien… »

La tension accumulée depuis deux jours retombe d'un seul coup.

« Ah ! Où est-elle ?

-Je ne sais pas. Elle m'a appelée pour me dire qu'elle a besoin de prendre un peu de recul pour réfléchir à votre couple. »

Il ferme les yeux, partagé entre un immense soulagement et un sentiment de dépit. Pourquoi ne l'a-t-elle pas appelé, lui ? Pourquoi mêler sa mère à leur histoire ?

« Elle ne veut pas me parler ?

-Je crois que c'est un peu plus compliqué que ça. Je connais bien Sylvie, c'est quelqu'un d'entier, qui ne supporte pas les situations équivoques.

-Équivoques ! Qu'est-ce que ça veut dire ?

-Elle a l'impression que vous ne vous comprenez plus vraiment. Entre vos métiers respectifs et Jean-Michel, elle pense que vous vous

---

[3] Voir *Au nom de Clara.*

éloignez l'un de l'autre. Alors elle a besoin de faire le point avant de revenir vers vous et d'en parler. »

Il déglutit avec difficulté avant de répondre : « D'accord... Il y a quelqu'un d'autre dans sa vie ?

-Non. Je le lui ai demandé et elle a été très claire. »

C'est déjà ça... Il revient à la charge : « Elle est à l'hôtel en ce moment ?

-À l'hôtel, non, elle m'a dit qu'elle se trouvait chez une amie, mais elle n'a pas voulu m'en dire davantage. Elle m'a seulement dit qu'elle vous appellerait dans deux ou trois jours.

-OK. Merci Odette...' »

Il coupe la communication. Une boule s'est formée dans sa gorge. Il allume une cigarette, tire une longue bouffée, cherche à se calmer. Une amie... Il ne lui connaît pas d'amie. Sylvie a toujours été une solitaire. À moins que...

*

Marc Floucaud décroche à la première sonnerie.

« Salut, c'est Dimitri. Tu as une minute pour moi ?

-Oui, pas de problème.

-Marc, j'ai besoin de toi. »

En quelques mots, il lui explique l'absence de Sylvie, sa *retraite* afin de réfléchir à eux deux. Marc laisse filer quelques secondes avant de répliquer : « Pourquoi tu ne m'as rien dit ce matin ?

-Je ne sais pas... Mais ce n'est pas la question... Selon ma belle-mère, Sylvie se trouve en ce moment chez une amie. J'ai pensé à Nicole Château[4]. Tu crois qu'elle pourrait être chez elle ?

---

[4] Nicole Château est une romancière, auteure de romans policiers édités par Floucaud & Cie. Elle a sympathisé avec Sylvie lors d'un salon du livre qui se tenait à Lyon. Voir *Une petite fille aux cheveux roux*.

-C'est marrant que tu me parles de Nicole. Je l'ai eue au téléphone il y a une heure. Elle est en train de mettre la dernière main à son nouveau bouquin dans sa maison de campagne.

-Elle ne t'a pas parlé de Sylvie, à tout hasard ?

-Non. Mais tu connais Nicole, c'est quelqu'un de discret. Si Sylvie s'est réfugiée chez elle, elle ne va pas le crier sur tous les toits.

-Ouais… Elle est où, sa maison de campagne ? »

Soudain inquiet, Marc Floucaud marque un silence avant de répliquer. « Pourquoi tu me demandes ça ?

-Écoute, Marc, on se connaît bien, tous les deux. Tu sais que je ne suis pas un violent, un impulsif. Mais je ne pourrai jamais attendre trois ou quatre jours avant de parler à Sylvie. Ce n'est pas possible, on doit mettre les choses au point…

-Et donc tu veux aller la voir ?

-Oui…

-Mais tu n'es même pas sûr que Sylvie soit chez Nicole.

-C'est un risque. Mais bon…

-Je vais te donner l'adresse, mais on ne s'est pas parlé, hein, on est bien d'accord ?

-Évidemment… »

*

Au même moment, Christian Terris claque la porte d'entrée derrière lui. Cette longue promenade sur la plage l'a mis en forme et lui a ouvert l'appétit. Depuis une semaine, il a enfin l'impression d'être sorti du tunnel où il se débattait depuis trop longtemps. La veille, sa présence ostensible à l'enterrement de Rodolphe a produit l'effet escompté. Il a lu la crainte sur les tronches de De Mérot et de ses acolytes. Il faut dire qu'il a été bien aidé par ce journaliste dont il ne sait que penser : vrai naïf ou fouineur retors ?

France, elle, a joué sa partition habituelle, en affirmant qu'elle n'avait rien pu faire pour le sauver, et qu'elle regrettait son licenciement. Il a fait semblant de la croire. Il n'arrive même pas à lui en vouloir. Elle lui fait plutôt pitié, avec sa petite vie sans intérêt de riche héritière tout juste bonne à dilapider le patrimoine patiemment construit par son père et son grand-père. Rodolphe l'avait bien compris, qui avait inventé cette formule : « France, c'est une reine fainéante qui danse sur un tas d'or. »

N'empêche qu'elle peut avoir une vraie capacité de nuisance quand elle le veut. Il est bien placé pour le savoir... Il sait aussi que, face à elle, de Mérot et sa clique n'ont pas encore gagné la partie.

Il regarde la reproduction de Monet. Et si les documents qu'il avait crus obsolètes retrouvaient soudain une nouvelle jeunesse ?

Hier, en quittant le restaurant, Boizot lui a donné sa carte avec ses coordonnées. Il l'a bien rangée dans son portefeuille. On ne sait jamais. Il s'est bien gardé de lui dire que RHB et sa consœur venaient lui rendre visite lorsqu'ils ont eu cet accident. Avec le temps et l'expérience, la méfiance est devenue une seconde nature.

Il allume la télévision pour suivre le journal du soir. Au plus fort de sa dépression, la seule perspective de s'intéresser au monde extérieur lui était insupportable. Depuis quelques jours, il a le sentiment de s'être débarrassé d'une pesante armure qui rendait pénible le moindre mouvement.

Il écoute distraitement Gilles Bouleau évoquer la mise en examen du premier ministre israélien et les élections législatives en Grande-Bretagne. Alors qu'il s'apprête à passer à la cuisine à la recherche d'un bout de fromage qui lui fera son dîner, il a son attention attirée par une brève. « Série noire à la banque parisienne Bréval. Douze jours après le décès dans un accident d'avion de son président Rodolphe Hubaud-Bréval, on a appris tout à l'heure la disparition de son successeur, Alexandre de Mérot. Il a été victime d'une crise cardiaque en revenant, ironie du sort, des obsèques de son prédécesseur. Selon un communiqué de la banque Bréval, c'est le fils de Rodolphe Hubaud-Bréval, Hervé, qui assure l'intérim de la présidence. Sans transition... »

Il s'assied, les jambes coupées. Il regarde la chemise verte posée sur la table basse. De Mérot a-t-il eu tellement la trouille en le croisant à l'enterrement de RHB que son cœur n'a pas tenu ? Il ne peut pas y croire…

En tout cas, voilà qui modifie sérieusement la donne. Hervé n'a plus d'adversaire désormais. Il sera le prochain président de la banque Bréval. Cet événement peut-il remettre en cause son licenciement ? Il a assez d'expérience, à la fois de la banque et de la nature humaine, pour savoir que cela ne changera rien à son sort. De toute manière, il en avait pris son parti. La retraite peut avoir ses bons côtés.

Cette pensée lui rend toute son énergie. Le fromage va rester dans le frigo. Il va plutôt aller dîner au Getaria, histoire de fêter à sa manière le départ définitif de ce cher Alex…

CINQUIÈME PARTIE
UNE RAISON IMPÉRIEUSE

PATRICK PHILIPPART

CHAPITRE 29

La nuit a été épouvantable. Hier soir, après avoir remercié Marc Floucaud pour ses informations, Dimitri s'est laissé aller à ouvrir une bouteille de whisky. Vers une heure du matin, il a titubé jusqu'à la chambre, s'est effondré tout habillé sur le lit. Entre deux cauchemars, il s'est réveillé en sursaut toutes les heures. Quand le radio-réveil a affiché 06:25, il s'est levé à grand-peine, la tête pesant une tonne, avec des relents de poubelle dans la bouche. Une douche trop chaude a failli l'achever, mais un café fort et une tranche de pain beurré l'ont à peu près ramené à la vie.

Il va être neuf heures. La route est perdue dans une brume grise. Il vient de dépasser Lisieux. Le hameau où Nicole Château possède sa maison de campagne n'est plus qu'à une dizaine de kilomètres, en direction de Caen.

Il a décidé de venir à l'improviste. Sylvie, si elle est là, n'aura pas le temps de préparer un discours convenu. Et s'il s'est trompé, il passera pour un con aux yeux de Nicole Château. Mais il s'en moque...

Au détour d'un chemin apparaît la Pastorale, une ancienne bergerie que la romancière a rénovée à grands frais grâce à ses droits d'auteur. Elle y passe une partie de l'année, particulièrement en période d'écriture.

Dimitri aperçoit de la lumière au rez-de-chaussée. Il arrête sa Cactus à quelques mètres de la porte d'entrée. Il a à peine le temps de sortir que Nicole Château apparaît. Vêtue d'un jean et d'un gros pull rouge, elle plisse les yeux pour tâcher de reconnaître ce visiteur inattendu. Lorsqu'elle se rend compte enfin qu'il s'agit de Dimitri, elle lance un regard furtif derrière elle. Il lui semble apercevoir une silhouette passer en coup de vent à l'intérieur de la maison.

Il s'avance en souriant. « Bonjour Nicole ! Comment allez-vous ? »

Debout sur le seuil, elle le regarde arriver.

« Dimitri ! Je ne... »

Elle n'a pas changé depuis la dernière fois qu'il l'a vue. Une tête tout en longueur, sans aspérité, avec un nez minuscule et de petits yeux perpétuellement à demi fermés, qui lui donnent un regard terne. La bouche est large, un peu trop, et la voix est feutrée.

« Je suis désolé, mais il fallait absolument que je voie Sylvie. » Il l'embrasse chaleureusement. Il aime bien cette femme qui paraît toujours perdue dans ses pensées.

« Comment... ?

-Je me suis dit qu'il n'y a qu'une personne chez qui elle puisse venir prendre un peu de recul... Je me suis trompé ? »

Nicole Château paraît embarrassée. « Écoutez, Dimitri, vous savez toute l'amitié que j'ai pour vous, mais je ne sais pas...

-Si Sylvie veut me voir ? Pas de problème, Nicole. Vous lui posez la question et si vraiment elle refuse de me parler, je m'en irai aussitôt.

-Attendez-moi ici. »

*

Sans maquillage, les cheveux blonds entremêlés, engoncée dans un vieux pull trop large, passé sur un pantalon de pyjama informe, Sylvie lui apparaît plus belle que jamais.

Assise à la grande table de la salle à manger devant un bol de café brûlant, elle le regarde en silence. Nicole Château s'est retirée dans son bureau, au premier étage. « Je vous laisse, je vais travailler un peu, sinon Marc va me sonner les cloches ! » a-t-elle lancé en attaquant l'escalier.

« Je n'en pouvais plus de ne pas te voir… »

Elle a croisé les jambes, a posé un coude sur la table. Elle se lance enfin : « J'ai beaucoup réfléchi à nous deux depuis quelques jours. C'est notre voyage à Séville qui m'a ouvert les yeux. J'ai réalisé que nous avions changé. Aussi bien moi que toi. On s'est éloignés imperceptiblement, sans s'en apercevoir. J'aurais dû être parfaitement heureuse de me retrouver seule avec toi, en dehors des contraintes de tous les jours. Au lieu de ça, je n'ai pas arrêté de penser à Jean-Michel. J'ai même voulu te demander d'abréger notre séjour. Mais j'ai réussi à me raisonner. Je te voyais tellement heureux. Mais, dès notre retour, en replongeant dans le bain, il est devenu évident que nos vies prenaient des voies différentes… Alors, un matin, j'ai craqué. Comme ça. Sans bien comprendre ce que je faisais. J'ai appelé Nicole. On a beaucoup parlé, toutes les deux. Elle m'a proposé de venir chez elle… »

Elle s'interrompt, avale une gorgée de café. Dimitri en profite pour poser la question qui l'obsède. « Pourquoi m'avoir laissé Jean-Michel ? C'est ce qui m'a vraiment perturbé. Que tu veuilles prendre du recul par rapport à moi, je peux le comprendre, mais quand j'ai dû aller le rechercher en catastrophe à l'école, j'ai vraiment cru qu'il t'était arrivé quelque chose. »

Le petit visage pointu de Sylvie se crispe. « Je suis désolée. Quand j'ai pris ma décision, au pied de l'immeuble, je ne pensais à rien

183

d'autre qu'à prendre le large. C'est seulement après que j'ai pensé à Jean-Michel. Je me suis dit que ce serait l'occasion de voir si le manque de lui serait aussi fort qu'à Séville. C'était un test... Stupide, sans doute. Mais je savais que tu t'occuperais bien de lui, je n'avais aucun doute là-dessus.

-Et... ?

-C'était la même douleur, identique. »

Dimitri la regarde, se dit qu'il a une chance immense d'avoir rencontré quelqu'un comme elle. Deux petites larmes viennent se loger au coin de ses yeux, prêtes à dévaler.

Il s'éclaircit la voix. « Tu en tires quoi, comme conclusion ?

-Je ne sais pas encore... Je crois que j'ai encore besoin de quelques jours de réflexion. Et toi ?

-Moi aussi j'ai beaucoup pensé à nous. Forcément... Je me suis rendu compte que je ne suis pas facile à vivre. Je n'ai pas un très bon caractère, je m'emporte vite, je suis plutôt bordélique et velléitaire dans la vie quotidienne. Mais je sais aussi que tout ça n'est rien comparé à l'amour que j'ai pour toi. »

En prononçant ces mots, il se sent rougir. Sylvie aussi, qui ne s'attendait pas à pareille déclaration.

« En venant ici, je m'étais juré de te dire ces mots. Tu dois savoir que tu es la femme de ma vie et que je suis prêt à faire tous les efforts du monde...

-Je ne t'en demande pas tant... Juste d'être un peu plus attentionné. Un peu plus présent, aussi... De mon côté, je sais que je ne suis pas toujours au top. Mon boulot m'accapare beaucoup...

-Tout ça se corrige...

-Sans doute... »

Elle se tait. Dimitri a envie de crier son bonheur. Les dernières paroles de Sylvie prouvent que l'irréparable ne s'est pas produit, qu'ils peuvent encore recoller les morceaux, repartir sur de nouvelles bases, plus solides.

Pour la première fois, elle ébauche un sourire. « Cette conversation m'a fait du bien, mais ne me demande pas de rentrer avec toi à Paris. Accorde-moi encore quelques jours, trois, quatre ou cinq, pas plus. J'ai encore besoin d'un peu de temps... Jean-Michel est chez tes parents ?

-Oui...

-C'est bien... »

*

Sur la route du retour vers Paris, Dimitri a le sentiment de renaître. Il craignait tellement cette entrevue qu'il se sent comme un étudiant qui vient de réussir un examen particulièrement redouté. Tous les couples traversent des moments difficiles. Là, pour la première fois, il se dit qu'il a pris la bonne décision, en éprouve une forme de fierté. Il a prouvé à Sylvie combien il tient à elle et il l'a sentie sincèrement touchée. Quand ils se sont quittés, il l'a embrassée au coin des lèvres, tendrement mais sans insister. Pourvu que les quelques jours à venir passent rapidement.

Il arrive à quelques kilomètres d'Évreux lorsqu'il remarque un panneau indicateur avec le mot *Aérodrome* écrit à gauche d'un avion stylisé. Le visage de Marie-Aude lui revient soudain à l'esprit. Sans réfléchir, il prend à droite un chemin étroit au milieu des champs au-dessus desquels flottent encore des lambeaux de brouillard. Au bout de trois kilomètres, il parvient en face de trois vastes hangars métalliques qui longent la route. Un bâtiment bleu et blanc, doté d'une terrasse, les prolonge. À côté, une longue piste bétonnée évoque une déchirure dans l'étendue de pelouses étiques, bordées de balises et de manches à air. C'est d'ici que le Piper de Rodolphe Hubaud-Bréval a décollé pour son ultime vol.

Dimitri range sa Cactus sur le parking. L'un des hangars est ouvert. À l'intérieur, un homme en salopette orange est occupé à travailler sur un appareil. À cause de la radio qui hurle un vieux rock des sixties, le mécano ne l'a pas entendu venir. Il sursaute quand Dimitri lance un tonitruant salut.

« Vous pouvez baisser la radio, s'il vous plaît ?

-Oui, oui » fait l'autre, un jeune type aux tempes rasées.

Le silence revenu, Dimitri lui sourit : « Excusez-moi de vous déranger. Je suis journaliste et je cherche des informations sur l'accident d'avion de monsieur Hubaud-Bréval. »

Froncement de sourcils. « Quel genre d'information ?

-Vous connaissiez monsieur Hubaud-Bréval ?

-Un peu, oui… J'étais chargé de l'entretien de son Piper.

-Ah ? Ça tombe bien, alors… Le jour de l'accident, vous aviez procédé à l'entretien de l'avion ?

-Pas le jour même, la veille.

-Et l'avion était nickel ?

-Ah çà oui ! Monsieur Hubaud-Bréval était un maniaque de la sécurité.

-Donc, pour vous, c'est sûr, l'accident est lié à une erreur de pilotage. »

Regard méfiant. « Attention ! Je ne sais pas ce que vous cherchez à me faire dire… Tout ce que je peux affirmer, c'est que l'appareil était en parfait état de marche. Les gendarmes m'ont déjà interrogé là-dessus.

-OK. Je comprends… Monsieur Hubaud-Bréval était un bon pilote ?

-Écoutez monsieur, je ne peux pas répondre à votre question, je n'ai pas envie d'avoir des problèmes.

-Des problèmes ?

-Oui, évidemment. Je ne suis pas qualifié pour dire si monsieur Hubaud-Bréval était un as ou non. En tout cas, il était très sérieux, pas du genre casse-cou.

-D'accord… Quand il vous a demandé de faire l'entretien de son avion, il vous a dit où il comptait aller et avec qui ?

-Bien sûr. C'étaient des données importantes pour le remplissage du réservoir. On ne remplit pas de la même manière pour un vol local et pour un voyage.

-Quand vous avez terminé l'entretien, l'avion est resté dans le hangar jusqu'au lendemain matin ?

-Non. Comme monsieur Hubaud-Bréval voulait décoller en début d'après-midi et qu'il n'y avait pas d'autre vol prévu à ce moment, l'avion est resté en bout de piste pour la nuit. Ça lui permettait de gagner du temps et d'éviter trop de manœuvres avant le décollage.

-Et je suppose qu'il devait aussi déposer un plan de vol...

-Non. Pas dans ce cas, parce qu'il s'agissait d'un vol à vue.

-Ah ? Vous pouvez m'expliquer ?

-C'est simple : pour autant que les conditions météo le permettent, un pilote peut voler sans utiliser les instruments. Mais il faut évidemment être un pilote expérimenté, ce qui était le cas de monsieur Hubaud-Bréval.

-Je vois... Donc, au départ, personne, à part monsieur Hubaud-Bréval, ne connaissait l'identité de sa passagère, ni même s'il allait emmener quelqu'un ?

-Ah si, il m'a dit qu'ils seraient deux à bord. Mais il ne m'a pas dit qui.

-OK. Je vous remercie... Vous avez des toilettes ?

-Dans le bâtiment devant vous. La porte d'entrée est ouverte, vous prenez le couloir en face, c'est la deuxième à gauche.

-Merci. »

Il pousse la porte vitrée. À l'entrée du couloir, sous le logo du club – un avion noir devant un grand cercle figurant la Terre et ses continents, sous le nom en lettres rouges *Les Ailes ébroïciennes* –, une série de photos représentent les dirigeants. Celle de Rodolphe Hubaud-Bréval est barrée d'un crêpe noir. À côté, Dimitri reconnaît avec surprise Olivier Guillaumin. L'avocat est présenté comme le trésorier des *Ailes*... Il sort son smartphone, prend des clichés du tableau et des photographies des membres du club, en se disant qu'elles pourront peut-être servir.

En sortant des toilettes, il va revoir le mécano. « Maître Guillaumin est également pilote chez vous ?

-Oui.

-Depuis longtemps ?

-Il était déjà là quand j'ai été engagé, il y a six ans… Pourquoi ? »

-Je le connais bien, mais je ne savais pas qu'il était membre du même club que monsieur Hubaud-Bréval… »

CHAPITRE 30

Une cigarette. Jamais il n'en a eu autant envie. Depuis sa conversation avec Sylvie, tout à l'heure, Dimitri a l'impression de revivre. Avant de regagner la rédaction, il allume une Camel à l'entrée du square. Il aspire une bouffée. D'un coup, c'est comme si le ciel s'éclaircissait.

« Salut ! »

Il se retourne, se retrouve face à Adrien Festu. Machinalement, il lui tend une cigarette.

« Alors, c'est Shakespeare à la banque Bréval ? À qui le tour après de Mérot ? »

Dimitri le regarde avec une sorte de tendresse. Cet homme l'émeut. Il s'est laissé couler à pic, a abdiqué toute forme d'ambition, mais il continue à se passionner pour la marche du monde, pour la vie de ses contemporains. Il lui résume ses dernières trouvailles, lui parle même du sabotage du Piper, sachant très bien que Festu gardera tout ça pour lui. Il conclut : « À mon avis, la clef est à chercher à la banque Bréval, avec ses rivalités internes. »

Festu, qui l'a écouté avec attention, lâche, l'air de ne pas y toucher : « Méfie-toi de ce qui semble trop évident. S'il s'agit vraiment d'un sabotage, l'auteur a forcément dû se dire que les enquêteurs s'en apercevraient. Compte tenu de la personnalité de la victime, il a dû anticiper le fait que l'enquête allait tout aussi forcément se diriger vers la banque Bréval.

-Oui. Et alors ?

-Peut-être que cette orientation arrange le saboteur... »

Dimitri fronce les sourcils. « Attends... Je ne te suis pas, là... »

Festu sourit. « Désirer ou souhaiter la mort de quelqu'un est à la portée du premier venu. Tuer quelqu'un avec préméditation suppose une raison impérieuse, qui s'impose à l'auteur, bloque son raisonnement. Avec, pour conséquence, qu'à ses yeux, le meurtre devient la seule solution. Or, d'après tout ce que j'ai pu lire dans ton journal au sujet de cette affaire, je ne vois pas qui, à la banque Bréval, peut avoir une telle raison impérieuse.

-De Mérot, par exemple. »

Festu a une petite grimace. « Pas d'accord... Quel pouvait être l'intérêt de De Mérot de supprimer Hubaud-Bréval ? Celui-ci était sur le départ et, dans la guerre de succession qui s'annonçait, les mauvais coups s'accomplissent plutôt par conseil d'administration interposé. On n'est pas dans une organisation mafieuse.

-C'est vrai, mais on ne sait jamais vraiment ce qu'il y a dans la tête des gens...

-Tu fais comme tu veux, mais si j'étais toi, je ne négligerais pas d'autres pistes de recherche. La vie privée de Hubaud-Bréval était du genre agitée...

-Qu'est-ce que tu veux dire ? Un rival, un mari cocu qui aurait voulu se venger ?

-Pourquoi pas ? Sans oublier la famille proche : la veuve ou le fils. Tu sais aussi bien que moi que la plupart des meurtres et des assassinats ont lieu dans le cercle familial.

-La veuve ou le fils ? Alors là… »

Adrien Festu sourit. « Méfie-toi de ce qui semble trop évident… »

*

« D'accord. Je viendrai déjeuner dimanche. Je t'embrasse, et embrasse Jean-Michel pour moi. »

Dimitri coupe la communication. Il est seul dans la cafétéria de *L'Actualité*. Il vient d'appeler sa mère, il lui a tout dit au sujet de Sylvie. Il se sent tellement soulagé qu'il a besoin de se livrer, de mettre le monde entier au courant de son bonheur retrouvé.

Il rejoint son bureau au moment où son smartphone se met à sonner. Sarah Laignier. Il prend l'appel.

« Oui ?

-Salut Dimitri, c'est Sarah. Je tombe pas en plein rush ?

-Non, ça va. Qu'est-ce que je peux faire pour toi ?

-Rien de particulier, je venais aux nouvelles. La mort de De Mérot, tu en dis quoi ?… »

Il lui résume les derniers événements, sans mentionner les conclusions provisoires du professeur Moizan sur le sabotage de l'avion. Après tout, Sarah Laignier est aussi une concurrente, et il ne va pas lui livrer un tel scoop sur un plateau.

Une idée lui vient soudain en tête : « Sarah, je me demandais un truc… Marie-Aude était très proche de son demi-frère Jean-Paul ?

-Comme des siamois ! Pourquoi ?

-Je me disais qu'elle lui aurait peut-être fait des confidences sur RHB et son père. »

Quelques secondes de silence.

« C'est possible, oui… Tu veux l'appeler ?

-Pourquoi pas ? Tu as un numéro ?

-Je te l'envoie par SMS.

-Il fait quoi dans la vie ?

-Il est architecte. Et c'est quelqu'un de vraiment chouette.

-OK. Merci et à plus ! »

Dimitri a l'impression que son cerveau fonctionne à nouveau mieux. Et si ce Jean-Paul Février était le mystérieux correspondant auquel Marie-Aude s'adressait au téléphone dans le square, à portée des oreilles indiscrètes de Festu ?

*

Jean-Paul Février a donné rendez-vous à Dimitri Boizot en fin d'après-midi dans une brasserie proche du Châtelet. Le coup de téléphone de ce journaliste l'a surpris et inquiété à la fois. Pourquoi veut-il lui parler de Mario ? Qu'est-ce qu'il cherche ?

Quand Dimitri arrive, la salle est aux trois quarts vide. L'architecte est déjà là, assis à une table d'angle, près d'une vitrine. Occupé à pianoter sur son smartphone, il relève seulement la tête lorsque Dimitri se plante devant lui.

« Bonjour.

-Bonjour, asseyez-vous. Vous étiez présent à l'enterrement de Mario, non ?

-Mario ?

-Marie-Aude… Depuis l'enfance, je l'ai toujours appelée Mario, et pour elle, j'étais Jipé.

-Je vois… Merci de me parler, en tout cas.

-C'est normal. Mais rappelez-moi d'abord ce que vous voulez. Je vous avoue que je n'ai pas tout compris quand vous m'avez appelé tout à l'heure. »

Deux minutes plus tard, Jean-Paul Février a effacé son sourire. « Étrange démarche que la vôtre, monsieur Boizot. Vous me demandez de vous révéler la teneur d'une conversation privée entre ma sœur et moi, avouez que c'est plutôt cavalier. Au nom de quoi me posez-vous cette question ? Vous n'êtes pas policier, il n'y a pas d'enquête en cours. Je mets donc cela sur le compte d'une curiosité que je qualifierai de malsaine. »

Dimitri, vexé, se sent rougir.

« Excusez-moi, je ne voulais pas vous fâcher. Il n'y a aucune indiscrétion de ma part. Je cherche seulement à préciser les circonstances d'un accident qui me paraît beaucoup moins clair que ce qu'on en dit.

-Bien. Permettez-moi alors de me répéter : vous n'êtes ni enquêteur, ni membre de la famille. Alors, qu'est-ce qui vous autorise à fouiller ainsi dans la vie de ma sœur ?

-La recherche de la vérité, tout simplement.

-Mais quelle vérité ? La vôtre, ou celle qui émergera de l'enquête menée par les gendarmes ? »

Il s'interrompt en voyant arriver le serveur. Dimitri hésite un instant. Au vu de la tournure que prend l'entretien, est-ce bien utile de le prolonger ? La petite voix intérieure qu'il connaît bien lui suggère pourtant de s'accrocher.

La commande passée et le garçon reparti, Dimitri murmure, comme s'il se parlait à lui-même : « Marie-Aude était une personne très attachante. Apprendre sa mort dans des conditions aussi dramatiques m'a bouleversé, d'autant plus que j'ai appris, de source sûre et totalement confidentielle à l'heure actuelle, que l'avion ne serait pas tombé accidentellement. »

Jean-Paul Février fronce les sourcils, incrédule. « Qu'est-ce que vous racontez ? »

Sa belle assurance a disparu. Dimitri le sent déstabilisé, il lui résume alors les éléments de l'expertise, sans nommer son auteur.

« C'est incroyable… » soupire l'architecte.

« Vous comprenez pourquoi j'essaie, bien modestement, d'éclaircir les circonstances de ce… drame. Bien entendu, les enquêteurs font leur boulot et ils parviendront sans doute à identifier le ou la coupable. Mais je prends cette affaire très à cœur parce que je connaissais bien votre sœur. J'aimerais prouver qu'elle n'était pas l'une des nombreuses maîtresses de RHB et, par la même occasion, atténuer un peu la douleur d'Émilien, qui est vraiment très affecté… »

Il a l'impression d'avoir jeté toutes ses forces dans ces quelques phrases. Février hoche doucement la tête, pensif.

« Vous avez raison… Mais qu'est-ce que je peux faire ?

-Me dire ce que vous savez exactement des relations de Marie-Aude avec RHB, avec de Mérot… »

CHAPITRE 31

« Mario… C'était quelqu'un. Un personnage, comme on dit. Vous saviez qu'elle rêvait de devenir rédactrice en chef de *L'Actualité ?* C'était son ambition, être la première femme à diriger ce quotidien.

-Je l'ignorais, mais ça n'a rien d'étonnant…

-Elle adorait son métier. Et puis, subitement, l'année dernière, elle a changé. La mort de sa mère l'avait déjà très affectée. Moi aussi, je l'avoue, parce qu'elle m'a toujours considéré comme son fils, même si elle n'était pas toujours… commode. Elle n'a jamais fait de différence entre nous… Mais quand Mario a appris par son oncle la vérité sur la mort de son père et, surtout, le terrible mensonge de sa mère, j'ai cru qu'elle allait tomber dans la déprime. Je l'ai alors soutenue du mieux que je pouvais. Elle ne voulait surtout parler de rien à Émilien. Elle m'avait dit un jour en pleurant : *« J'aurais peur de sa réaction. Émilien est quelqu'un d'entier, qui ne supporte pas l'injustice, un peu comme un enfant. Il serait capable d'aller casser la gueule à Hubaud-Bréval… »*

Dimitri repense aux paroles de Sarah Laignier. On n'imagine pas un dessinateur de BD tomber dans la violence, lui dont la seule arme est un crayon.

Février, inconscient de son trouble, poursuit : « En tout cas, pour Mario, c'était sûr : si Hubaud-Bréval était bien celui qui avait provoqué la mort de son père, elle s'arrangerait pour le lui faire payer.

-Selon son oncle, elle éprouvait pour lui une haine totale, absolue.

-C'est exact... D'ailleurs, c'est peu après les révélations de son oncle qu'elle a entamé une analyse.

-Une analyse ? Chez un psy ?

-Oui. Elle se sentait tellement perdue...

-Émilien était au courant ?

-Vous n'y pensez pas ! Elle voulait lui donner l'image d'une épouse solide, bien dans ses baskets... Toujours est-il qu'elle s'est débrouillée pour approcher Hubaud-Bréval sous prétexte de publier un long portrait de lui dans *L'Actualité*. Il a aussitôt accepté, évidemment. Avec son ego démesuré et sa soif de reconnaissance... Ce qu'il ne savait pas, c'est que cette interview allait déclencher la rage d'une employée de la banque qu'il avait fait virer quinze jours plus tôt. »

Dimitri fronce les sourcils. « Je suis un peu largué, là... »

Jean-Paul Février sourit. « Vous allez comprendre. «

Il boit une gorgée de bière et reprend : « Noémie Laforge était l'une des deux secrétaires généralistes de la société. Généraliste, ça veut simplement dire qu'elle n'était pas attachée à un patron en particulier. Quelques jours après la publication de l'article sur RHB dans *L'Actualité*, elle a appelé Mario en accusant Hubaud-Bréval de l'avoir virée, simplement parce qu'elle avait refusé ses avances. Mario ne savait pas trop sur quel pied danser. Je lui ai dit de se méfier : dans ces affaires de harcèlement sexuel, c'est toujours la parole de l'un contre la parole de l'autre. Je lui ai quand même conseillé d'aller voir cette femme pour en savoir plus. Elle m'a demandé de l'accompagner, pour ne pas se faire avoir, comme elle disait. »

Février déroule son récit sans hésitation. Finalement, il semble heureux de pouvoir se livrer.

« Nous sommes donc allés la rencontrer chez elle, dans un patelin du côté de Marne-la-Vallée. Personnellement, j'ai découvert une femme très bien, pas du tout exaltée ni délirante. Elle a répété et développé ses accusations. Elle s'est justifiée en invoquant le mouvement *#balancetonporc*. Mais, quand je lui ai demandé si elle avait déposé une plainte contre RHB, elle m'a dit qu'elle avait peur de se retrouver dans une affaire qui la dépassait. Mario lui a alors demandé pourquoi elle l'avait contactée. Noémie Laforge voulait que tout le monde découvre le vrai visage de RHB, mais elle ne voulait surtout pas apparaître. Mario lui a alors expliqué que, dans ce cas, elle ne pouvait rien faire pour elle. Nous sommes partis et, ce jour-là, l'affaire en est restée là.

Mais, quatre mois après, fin juillet, début août, Mario a reçu un nouvel appel de Noémie Laforge. Elle avait trouvé une autre employée de la banque Bréval qui acceptait de témoigner contre RHB.

Cette fois, cela devenait plus sérieux. Avec Mario, nous sommes donc allés voir cette femme, qui s'appelle Sonia Malengreau. Elle aussi était secrétaire et avait été victime d'attouchements répétés de Hubaud-Bréval. Mais, dans son cas, cela avait été plus loin puisqu'elle jurait avoir été violée par lui à deux reprises. Les faits remontaient à 2015. Depuis, elle travaille dans une autre société, mais elle était prête à déposer une plainte officielle contre RHB et à aller en justice. Elle a d'ailleurs porté plainte, la veille du jour où Mario devait aller déjeuner avec Hubaud-Bréval. »

Dimitri sursaute. « Votre sœur avait gardé des contacts avec lui ?

-Non. En fait, c'est moi qui lui ai conseillé de l'appeler et de le déstabiliser en lui parlant des accusations de harcèlement sexuel qu'elle avait recueillies. Au téléphone, RHB a joué l'étonnement. Il l'a aussitôt invitée à déjeuner, pensant sans doute que son charme allait agir une nouvelle fois et qu'il pourrait désamorcer le scandale qui s'annonçait . »

Dimitri écoute Février, fasciné. Il songe à Adrien Festu, à son conseil d'aller au-delà des évidences.

« Lors de cette rencontre, elle lui a aussi parlé de son père, de ses soupçons sur sa responsabilité dans sa mort ?

-Exactement. C'était l'occasion ou jamais. Mario m'a dit qu'à ce moment, elle a vraiment été impressionnée par cet homme. Elle l'a trouvé sincèrement ému, il avait réellement l'air de tomber des nues. La première chose qu'il lui a dite alors, c'était que son père était, de loin, le plus talentueux à la banque Bréval. Bien sûr, Mario se méfiait, elle restait sur ses gardes en se disant qu'il essayait de l'enfumer. Mais l'autre poursuivait sur sa lancée, comme si un flot de souvenirs remontait brusquement à la surface. Il lui a dit qu'il avait, à cette époque, décidé de nommer son père à la vice-présidence, en ayant déjà en tête l'idée d'en faire un jour son successeur. Une déclaration qui corroborait ce qu'elle avait déjà appris de son oncle. RHB a continué en disant que, le jour où l'un de ses collaborateurs est venu lui apporter une série de documents prouvant de façon irréfutable que Cédric Pressat détournait de l'argent pour approvisionner un compte numéroté en Suisse, il a cru que le monde s'effondrait. La suite est extraordinaire. D'ailleurs, Mario avait soigneusement noté les paroles de RHB. Elle me les avait envoyées par mail. Je l'ai évidemment conservé… »

Il s'interrompt, ouvre son smartphone, pianote. « Voilà… RHB lui a dit ceci : « *Votre père avait un train de vie plutôt modeste, il ne roulait vraiment pas sur l'or. Bien sûr, comme tout le monde, je savais que son moral était sujet à des fluctuations dérangeantes. Mais cela ne pouvait justifier un tel détournement. J'ai lu et relu ces documents, en profondeur, pour ne pas me précipiter. À la fin, j'ai invité votre père à déjeuner, pour éviter au maximum les ragots. Là, je lui ai demandé s'il était exact qu'il avait un compte en Suisse. Son visage a changé. On aurait dit qu'il ne comprenait pas ce que je disais. Alors je lui ai mis sous le nez l'ensemble des documents dont je disposais. Je m'attendais à ce qu'il avoue. Mais, au contraire, il m'a dit que tout était faux, qu'il était victime d'un complot. J'ai toujours détesté les gens qui n'assument pas leurs actes, encore moins les menteurs. L'après-midi même, malgré toute la considération que j'avais pour lui jusque-là, je l'ai licencié… Mais je peux vous assurer que, jamais, il n'y a eu de complot monté contre lui. Et je peux aussi vous dire que j'ai été profondément affecté lorsque j'ai appris son décès. »*

-Ah oui, quand même... Votre sœur avait accepté cette explication ?

-En tout cas, elle a douté. Elle s'est mise à penser que son père s'était peut-être monté tout un cinéma... Et puis, un jour, quelques semaines après, Hubaud-Bréval est revenu vers elle. Sans tourner autour du pot, il lui a dit qu'elle avait raison, que son père avait bien été victime d'un complot et qu'il en aurait bientôt les preuves. Il a même ajouté alors qu'il était persuadé de l'implication de De Mérot dans ce complot. C'est là que Mario m'a appelé pour me tenir au courant... C'est aussi la dernière fois que nous nous sommes parlé... »

*

Dimitri referme son calepin, le pose sur la table. Devant lui, Jean-Paul Février achève sa bière d'un trait. « Une autre ? » propose Dimitri.

« Pourquoi pas ? »

Une fois que le serveur a apporté la commande, Dimitri reprend : « Vous m'avez parlé d'une plainte pour harcèlement sexuel déposée par Sonia Malengreau, vous savez ce qu'elle est devenue ?

-Non. Pas la moindre idée. Mais vous savez comme moi que la justice n'est pas toujours très rapide. La plainte a été déposée début août, je suppose qu'elle n'a pas été traitée avant la rentrée... Tout ce que je sais, c'est que, le lendemain du déjeuner avec Hubaud-Bréval, Mario a reçu un appel de son avocat.

-Olivier Guillaumin ?

-Oui, c'est ça... Il voulait savoir si Mario allait publier un article. Elle lui a répondu que, si c'était le cas, ce ne serait pas pour tout de suite. Le type l'a menacée implicitement de la poursuivre en diffamation si elle sortait un papier sans l'avoir contacté au préalable. »

Dimitri sourit intérieurement. Décidément, Guillaumin ne changera jamais…

Jean-Paul Février part alors d'un petit rire incongru.

« Je ne devrais pas rire, mais quand j'y repense… Pour vous situer le personnage de Hubaud-Bréval, quand Mario l'a quitté après le resto, elle l'a vu monter dans une voiture qui l'attendait devant. Au volant, il y avait une femme, qu'il a embrassée longuement. Mario a alors reconnu la propre belle-fille de RHB, c'est-à-dire la fille de Guillaumin ! »

Dimitri a un haut-le-corps. « Attendez ! Vous êtes en train de me dire que Hubaud-Bréval avait une aventure avec la femme de son propre fils ?

-C'est tout à fait ça. Avouez que c'est risible. Quand Mario a eu Olivier Guillaumin au bout du fil, elle a repensé à cette scène et elle a imaginé la tête que ferait l'avocat si elle lui apprenait que sa fille couchait avec le client qu'il était en train de défendre bec et ongles. »

Jean-Paul Février a un léger haussement d'épaules. Il ajoute : « Ce jour-là, quand Mario m'a appelé pour me mettre au courant, elle était partagée entre l'amusement et le dégoût. Elle m'a dit : *« Ce type est un vrai porc, sans la moindre morale. Et pourtant, j'ai tendance à le croire quand il me dit qu'il n'a jamais comploté contre mon père… »*

Dimitri a soudain l'impression que les pièces du puzzle se mettent en place. Un scénario se construit dans sa tête. Marie-Aude, après les révélations de son oncle sur la mort de son père, se persuade que RHB est le coupable tout désigné. Avant de comprendre que cet homme, s'il est un harceleur sexuel sans limites, n'est en rien mêlé au complot contre son père. Du coup, c'est Alexandre de Mérot qui se retrouve dans son collimateur. Mais ceci ne répond toujours pas à la question principale : que faisait-elle le vendredi 8 novembre dans l'avion de Hubaud-Bréval ? Il a l'impression de tourner en rond, de revenir sans cesse à la case départ, tout en disposant des éléments pour parvenir à la réponse.

Soudain, il pense à Christian Terris. L'ex-directeur du Mécénat à la banque Bréval vit à quelques kilomètres de Biarritz. Et si c'était cela, la solution ? Si, ce jour-là, Marie-Aude et RHB étaient en route pour le rencontrer ?

« Bien. Monsieur Février, je vous remercie vraiment. Une dernière question si vous voulez bien : est-ce que Marie-Aude vous avait parlé d'un certain Christian Terris ? »

Moue d'ignorance. « Non, ça ne me dit rien. C'est qui ?

-Un ex-cadre de la banque Bréval que je me propose d'appeler parce que je pense qu'il dispose peut-être d'informations intéressantes… »

PATRICK PHILIPPART

CHAPITRE 32

« Monsieur Terris, c'est Dimitri Boizot à l'appareil. Vous me remettez ?

-Oui, oui…

-Je ne vous dérange pas ?

-Pas du tout. Je suis allongé sur un lit dans une chambre de l'hôpital de Bayonne, et je m'emmerde comme un rat mort.

-Ah bon ? Qu'est-ce qui se passe ?

-Une connerie… Ce matin, j'ai traversé la grand-route près de chez moi sans bien regarder, et je me suis fait choper par une camionnette. Résultat, une bonne commotion cérébrale et la jambe gauche en compote… Mais ce n'est pas pour prendre de mes nouvelles que vous m'appelez. Je me trompe ? Vous voulez me parler de De Mérot, je parie.»

Dimitri se racle la gorge. « Entre autres. Mais je me demandais surtout si vous aviez connu un certain Cédric Pressat. »

Christian Terris grimace de douleur en tentant de se redresser un peu sur son lit. Il lâche un petit gémissement.

« Ça va, monsieur Terris ? » fait Dimitri.

« Oui. À part cette foutue jambe qui me fait souffrir… Pressat… Oui, bien sûr, je l'ai connu, nous avons été collègues à la banque. Pourquoi cette question ?

-Parce qu'il était le père biologique de ma consœur Marie-Aude Février. Elle était persuadée qu'il avait été accusé à tort d'avoir détourné de l'argent. Selon elle, c'était pour cela qu'il avait fait une dépression et était mort prématurément. »

Terris ferme les yeux. Eh bien, on y est ! Qu'est-ce que ce journaliste sait au juste ?

« C'est elle qui vous l'avait dit ? »

Avec une expérience de plus de vingt ans, Dimitri a appris à déchiffrer les réactions, les non-dits des personnes qu'il interviewe. Terris appartient à la catégorie des joueurs de fond de court, qui renvoient aussitôt des questions pour se donner le temps de la réflexion, et donc du mensonge. Il ne doit pas entrer dans son jeu. « C'était quel genre d'homme, Pressat ? »

Fidèle à sa tactique, Terris laisse passer une poignée de secondes. « Un homme du genre dépressif, mal dans sa peau.

-Sa mort ne vous a pas étonné, alors ?

-Pas trop…

-Selon vous, son décès ne serait donc pas lié à son licenciement ? »

Terris inspire profondément, il a besoin d'air tout à coup. Et si le moment était venu de soulager sa conscience ? Il a presque envie de rire en pensant à cette expression passée de mode, qu'il n'aurait jamais cru faite pour lui. Longtemps, il a fait l'impasse sur la mort de Pressat, persuadé qu'il n'y avait joué aucun rôle. Avec ce type, il n'avait eu que des rapports strictement professionnels. Bonjour au revoir, comme on dit. De toute façon, il ne lui revenait pas, avec sa belle gueule qui le renvoyait à sa propre insignifiance. Le jour où

France était venue le voir et lui avait demandé de l'aider à s'en débarrasser, il n'avait pas hésité longtemps. France était la femme du patron. Lui rendre un tel service l'assurerait de sa reconnaissance. Il était jeune et ambitieux à l'époque. Seule comptait sa propre réussite. Le reste... Mais, depuis qu'il a lui-même plongé dans les abysses de la déprime, depuis qu'il a pris de l'âge, et un sérieux recul par rapport à sa carrière, la donne a changé. Bien sûr, pour être tout à fait franc, s'il n'avait pas reçu ce coup de téléphone de Rodolphe un mois plus tôt, jamais Cédric Pressat n'aurait émergé de l'abîme où il l'avait enfoui. Un instant, avec la mort de De Mérot, il a envisagé de rentrer à Paris, de reprendre sa place à la banque. Mais cet accident ridicule lui a prouvé, si besoin était, qu'il n'est plus à la hauteur. Alors oui, pourquoi ne pas lancer un dernier pavé dans la mare ? Juridiquement, il ne risque rien.

« Monsieur Boizot, que voulez-vous exactement ? »

Au ton de la voix, comme éteinte d'un seul coup, Dimitri sait qu'il peut maintenant dévoiler son jeu. « Marie-Aude Février cherchait à prouver que Rodolphe Hubaud-Bréval avait monté le complot contre son père. Je suis donc persuadé que, le jour de l'accident, elle n'était pas en route pour un week-end amoureux avec cet homme. Sa présence dans son avion devait avoir une autre cause. C'est elle que je cherche.

-Pour sortir un *scoop,* c'est bien comme ça que l'on dit ?

-Non, monsieur Terris, pour lui rendre justice, tout simplement, et pouvoir dire à son mari, qui est un type bien, que sa femme ne le trompait pas avec RHB... »

Terris jette un œil par la fenêtre. Un timide rayon de soleil vient de percer la couche des nuages.

« Je vous crois... Je sors ce soir de l'hosto, mais je vais rester bloqué chez moi un bon moment. Venez me voir, je vous dirai tout. Avec des documents en prime... »

Dimitri sent son cœur s'emballer... La victoire lui paraît presque trop belle. Pourvu que cet homme ne soit pas un affabulateur ou, pire, un manipulateur. Mais il doit courir le risque, il n'a pas le choix.

*

Le lendemain

La maison est posée sur une sorte de butte gazonnée, à deux cents mètres à peine de l'océan. Quand Dimitri range sa voiture dans l'allée de garage, les vents venus du golfe de Gascogne soufflent en tempête. Il courbe le dos et trottine jusqu'à la porte d'entrée.

Il a roulé toute la nuit, huit cents kilomètres, ses yeux piquent, ses paupières sont lourdes. Il rêve d'un café très fort et très chaud.

Appuyé sur des béquilles, la jambe gauche plâtrée, Christian Terris a ouvert la porte. « Vous êtes matinal ! »

*

« Vous avez de l'ambition, monsieur Boizot ? »

Terris s'est installé sur un canapé, la jambe gauche allongée. Enveloppé dans un peignoir un peu mité, il semble avoir pris dix ans depuis que Dimitri l'a croisé à l'enterrement de Hubaud-Bréval.

« Pas plus que la moyenne des gens, je pense.

-C'est bien… Moi, quand j'avais trente ans, je croyais que le salut était dans la réussite professionnelle. Résultat, j'ai aujourd'hui soixante-deux ans, on ne peut pas dire que ma santé soit particulièrement brillante, et je n'ai pas de famille. Parce que je n'ai jamais trouvé le temps d'en fonder une. Je vous avoue que ce n'était pas vraiment comme ça que j'envisageais l'avenir… »

Cet homme aime s'écouter parler et a sans doute une bonne opinion de lui-même. L'espace d'un instant, Dimitri se demande s'il n'a pas fait une connerie en se tapant le trajet de Paris à Guéthary.

« Monsieur Terris, désolé d'être aussi direct, mais je ne suis pas venu ici...

-Je comprends bien. J'en arrive au sujet qui vous intéresse. Et, comme promis, je vous ai préparé des documents que je vous montrerai après... Sachez d'abord que, le jour de l'accident, Rodolphe et votre jeune consœur étaient en route pour venir chez moi... »

Il s'interrompt, regarde Dimitri avec un sourire mi-figue mi-raisin. « C'est drôle, mais vous n'avez pas l'air surpris.

-Disons que j'avais pensé à cette possibilité quand vous m'avez dit que vous habitiez à quelques kilomètres de Biarritz.

-En fait, ce jour-là, Marie-Aude Février venait chercher ici la vérité sur la mort de son père. »

Moue d'incompréhension de Dimitri.

« Je vous explique : en 1992, un an environ après l'accession de Rodolphe à la présidence de la banque Bréval, France, son épouse, a pris contact avec moi. Je ne la connaissais pas particulièrement, mais nous avions eu l'occasion de nous croiser quelques fois. J'étais alors le chef du service informatique que Rodolphe voulait développer. France m'a téléphoné un jour et m'a invité à aller prendre un verre avec elle, de manière tout à fait confidentielle. Rodolphe ne devait surtout pas être au courant. J'y suis allé, en me demandant vraiment ce qui se passait. J'ai très vite compris quand France, qui était toute jeune encore – elle venait à peine de passer les trente ans – et qui était une très jolie femme, m'a avoué sans tourner autour du pot qu'elle avait eu une liaison amoureuse avec Cédric Pressat. Une liaison qui avait duré pas mal de temps et qui venait de se terminer un mois plus tôt, à l'initiative de Pressat. »

Dimitri ne bronche pas. Mais, intérieurement, il est secoué.

« Vous devez savoir, monsieur Boizot, que France et Rodolphe ont toujours formé un couple... difficile. Rodolphe était un séducteur dans l'âme. Les femmes constituaient son principal, pour ne pas dire

son unique centre d'intérêt. Aux tout débuts, c'était l'entente parfaite. Jusqu'à la naissance d'Hervé. Là, très vite, Rodolphe a recommencé à cavaler. France l'a appris, mais comme elle a des principes, en particulier sur le fait qu'on ne divorce pas, elle a fermé les yeux. Et elle a alors décidé de vivre sa vie de son côté... Elle a jeté son dévolu sur Pressat, qui était alors le directeur du département des investissements institutionnels et qui était promis à un bel avenir à la banque. Il a très vite cédé. Jusqu'au jour où il en a eu marre et l'a larguée, sans imaginer la suite. Vous commencez à comprendre ?

-Plus ou moins.

-Quand France m'a contacté, elle m'a dit textuellement : « *Je veux sa peau. J'ai une idée. Mais je dois d'abord savoir si elle est faisable.* » C'est là qu'elle m'a demandé s'il était possible d'ouvrir un compte numéroté en Suisse, de le créditer de deux millions de francs, et de créer des liens virtuels avec le compte personnel de Pressat... Moi, je tombais des nues. J'avais vraiment l'impression de me retrouver dans un film policier ou d'espionnage. J'ai d'abord pensé qu'elle se foutait de moi, ou qu'elle me testait. Mais quand j'ai compris qu'elle était sérieuse, je lui ai demandé un jour de réflexion. Le lendemain, j'ai accepté sa proposition.

-Attendez ! Vous êtes donc en train de me dire que vous êtes l'organisateur du complot qui a abouti au licenciement de Cédric Pressat ?

-Pas l'organisateur, monsieur Boizot, juste l'exécutant.

-Oui, enfin... Et Hubaud-Bréval n'a jamais été au courant ?

-Jamais... Jusqu'au moment où il a fait la connaissance de votre consœur, qui lui a parlé d'un coup monté. Rodolphe m'a appelé le mois dernier pour en savoir plus. Il se souvenait que c'était moi qui lui avais révélé les prétendues magouilles de Pressat.

-Vous voulez dire que RHB a viré Pressat en croyant de bonne foi qu'il était coupable ?

-Exactement.

-Et vous lui avez révélé la vérité le jour où il vous a appelé ?

-Non… Enfin, pas tout à fait… Je lui ai dit que votre consœur avait raison et qu'il y avait bien eu un complot monté contre Pressat. Mais je n'ai pas osé lui dire au téléphone que c'était sa femme qui l'avait commandité. Je lui ai proposé de venir me voir et de tout lui dire. Rodolphe était alors persuadé que c'était de Mérot qui était derrière tout ça.

-Et puis il y a eu l'accident…

-Oui… »

Ainsi, France Bréval, sous son apparence tellement honorable, était aussi capable d'actions fort peu reluisantes. L'est-elle encore ?

Dimitri se dit que le moment est venu de sortir sa question subsidiaire : « Saviez-vous que Rodolphe Hubaud-Bréval couchait avec Stéphanie, sa belle-fille ? »

Terris écarquille les yeux, ouvre la bouche mais est incapable de sortir un son. Visiblement, il n'était pas au courant, ou alors il est un comédien talentueux.

« Stéphanie ? Vous n'êtes pas sérieux ? »

Tout en disant cela, Terris se remémore soudain les mots de Rodolphe lors de son dernier appel téléphonique : « J'ai trouvé la femme de ma vie ». Ce n'est pas possible, pas Stéphanie Guillaumin, qu'il connaissait depuis qu'elle était gosse.

« Si, si… Rodolphe ne vous en avait pas parlé ? »

Terris fait non de la tête. Il se sent mortifié, trahi. « Comment vous savez ça, vous ?

-Ma consœur, Marie-Aude Février, les avait surpris… »

Terris a une moue de dépit. « Que voulez-vous que je vous dise ? Rodolphe a toujours été un séducteur pathologique, mais je ne pensais pas qu'il en arriverait… »

Dimitri hausse les épaules dans un geste d'impuissance. Il reprend : « Monsieur Terris, vous m'aviez dit que vous aviez des documents ?

-Oui, j'ai des copies de toutes les manipulations que j'avais faites à l'époque. J'ai toujours dit à France que je les avais détruites. Elle m'a cru, elle est nulle en informatique... Mais dites-moi : Hervé était au courant, pour Stéphanie et son père ?

-Je ne sais pas... »

CHAPITRE 33

Penché sur la table à dessin, Émilien Nocker trace les lettres FIN sous la dernière planche de *L'échappée belle*, la nouvelle aventure de l'âne Charly. Il contemple un instant la bonne tête réjouie de son *héros*. Il n'aurait jamais cru y arriver. Mais Bérénice avait raison : « Tu vas te relever, Milou. Dans notre famille, même si on n'en a pas l'air, on est forts. Et puis tu n'as pas le choix, Oscar a besoin de toi. Et Marie-Aude aussi, là où elle est. »

Sur le moment, il avait trouvé sa sœur pathétique. Aujourd'hui, il sait qu'il vient de remporter une bataille primordiale. La première, sans doute, d'une longue série. Depuis quelques jours, ses accès de tristesse semblent marquer le pas. Désormais, il peut regarder une photographie de Marie-Aude sans étouffer sous les sanglots. Il réussit même à parler avec Oscar de sa maman en lui offrant un sourire rassurant, qui laisse envisager un avenir, malgré tout.

Il jette un regard au jardin, presque joyeux sous le soleil automnal de ce début d'après-midi. Dans deux heures, il ira chercher Oscar à la maternelle.

Son portable se met à vibrer sur la planche de bois. Il le saisit. « Monsieur Nocker, police municipale d'Ormesson. »

Son cœur fait un bond dans sa poitrine. Il couine lamentablement : « Oui ?

-Nous avons une bonne nouvelle pour vous. Nous avons mis la main sur vos cambrioleurs et retrouvé au moins une partie de leur butin. »

Émilien pousse un soupir silencieux. À l'autre bout de la ligne, le policier poursuit sans attendre. « Nous avons ramené le tout au commissariat. Pourriez-vous passer cet après-midi et identifier clairement ce qui vous appartient ? »

À cet instant précis, il se sent prêt à aller au bout du monde. « J'arrive ! »

*

Le commissaire est un homme jeune, trente-cinq ans à tout casser, avec une tignasse bouclée qui lui donne l'air d'un chanteur pop anglais des sixties. Souriant, affable, il a amené Émilien dans un vaste local où une longue table est encombrée d'un improbable bric-à-brac. Immédiatement, il reconnaît l'ordinateur de Marie-Aude, un portable Asus orné d'un autocollant représentant l'âne Charly.

« Ce sont deux jeunes d'un village voisin qui ont fait le coup. En décrochage scolaire, toxicos, ils avaient besoin d'argent pour leur consommation. Comme nous le pensions, ils se renseignaient sur les enterrements dans la région et en profitaient pour s'introduire dans les maisons momentanément vides. Ils ont reconnu trois cambriolages, dont celui qui a été commis chez vous. Une partie de leur butin avait déjà été refourguée. Mais il y en avait encore pas mal. »

Le commissaire s'interrompt, attend une réaction, en vain. Il reprend : « Sur la base de ce que vous avez déclaré dans votre plainte, il y avait notamment un ordinateur portable appartenant à votre épouse. C'est bien celui-ci ?

-Oui… Franchement, merci. Pour moi, c'est un souvenir très précieux.

-Je comprends. Il y avait aussi un téléviseur à écran plat. Malheureusement, les deux auteurs l'ont revendu à *un type dans la rue, qu'ils n'avaient jamais vu,* dit l'officier en formant des guillemets avec ses doigts.

-C'est pas grave…

-Vous aviez aussi déclaré le vol d'une enceinte Bluetooth de marque Lansing, ainsi qu'un lecteur de blu-ray Sony. Les voici.

-Oui, c'est bien ça.

-Vous aviez également parlé de deux bagues, d'un collier et d'un bracelet. Mais eux aussi ont déjà été revendus. Au moins, vous n'aurez pas tout perdu, et vous aurez aussi la satisfaction de savoir que les auteurs ont été appréhendés.

-Oui… Dites-moi, il y avait aussi une série de dossiers appartenant à mon épouse.

-On n'a rien retrouvé.

-D'accord… Vraiment, je ne sais pas comment vous remercier… »

Le commissaire accentue son sourire. « Moi, je crois que je sais… Ma fille Emma a cinq ans et adore l'âne Charly. Je suis sûr qu'elle serait la plus heureuse du monde si vous lui faisiez un petit dessin dédicacé. »

Émilien hoche la tête. « Plutôt deux fois qu'une, vous pouvez me croire. Je m'y mets tout à l'heure et je vous apporte le dessin demain matin, après avoir amené mon gamin à la maternelle. Encore merci… »

*

Oscar s'est endormi. Émilien quitte sa chambre sur la pointe des pieds. Depuis cet après-midi, il n'a qu'une idée en tête. Il descend au salon. Sur la table basse, l'ordinateur de Marie-Aude est complètement chargé. Il l'ouvre, hésite un instant. Mais il doit savoir.

Quelques secondes après, le premier fichier du dossier Morand apparaît sur l'écran. Daté du 17 janvier 2019, il commence ainsi : *« Aujourd'hui, je me suis décidée à entamer une psychanalyse chez le docteur François Morand. Depuis quatre mois, ma vie ne m'appartient plus. C'est comme si tout avait éclaté d'un coup. Apprendre par un oncle dont je ne soupçonnais même pas l'existence que ma mère m'a menti pendant tellement d'années, m'a mise à plat. Pour le docteur Morand, il s'agit d'un sentiment d'abandon a posteriori. Selon lui, il est essentiel d'en découvrir les racines. Il m'a demandé de remonter aux premiers souvenirs que j'ai de ma mère. Celui qui m'est venu spontanément en mémoire est une promenade que je faisais avec elle, main dans la main, dans un grand parc. En revanche, je ne parviens pas à trouver une seule image de mon père. La semaine dernière, je suis allée me recueillir sur sa tombe, j'ai pleuré comme une enfant. Sur celle de ma mère, à trois allées de là, je n'ai éprouvé que du ressentiment. Je n'arrive pas à lui pardonner le mal qu'elle m'a fait. Le docteur Morand prétend que c'est naturel et qu'il faudra faire un travail important sur moi-même. »*

Émilien referme le fichier. En lisant ces lignes, il a l'impression d'entendre la voix de Marie-Aude, de la voir allongée sur le divan. Qui est cet oncle ? De quel mensonge parle-t-elle en évoquant sa mère ? Il ouvre le fichier suivant. Marie-Aude y est plongée dans la petite enfance, parle de celui qu'elle a longtemps pris pour son vrai père… Émilien est fasciné, il découvre une autre Marie-Aude, fragile, désemparée, à l'opposé de l'image de femme forte qu'elle a toujours voulu lui donner. Une larme tombe sur le clavier de l'ordinateur. Quel gâchis ! Pourquoi ne lui a-t-elle rien dit de cet oncle, de ce père, de sa phobie de devenir folle et d'être internée, comme lui, dans un hôpital psychiatrique ? Il aurait pu la comprendre. Mieux : il aurait pu la sortir de sa dépression, la protéger de ses démons. Dire que, pendant tout ce temps, il se préoccupait seulement d'inventer de nouvelles aventures de l'âne Charly.

Parvenu au dernier fichier, celui du jeudi 8 août, il lit : *« Aujourd'hui, dernière séance avant les vacances. Malgré l'écoute et l'humanité du docteur Morand, je ne constate aucun progrès dans mon état. Au contraire, plus le temps passe, plus je m'enfonce dans un sentiment de haine qui me terrifie. J'ai des envies de meurtre, des pulsions qui pourraient me conduire à commettre l'irréparable. Heureusement, Oscar et Émilien sont là, sans le savoir ils me tiennent la tête hors de l'eau. Mais je ne sais pas s'ils y arriveront encore longtemps... Je parlerai de cela au docteur Morand lors de la prochaine séance, après les vacances. »*

Fin du dossier Morand. Marie-Aude a-t-elle revu le psychanalyste à la rentrée ? En tout cas, elle n'a plus pris de notes, est restée sur ces quelques lignes désespérées.

Il referme l'ordinateur. Il est temps pour lui de tourner la page, s'il le peut...

CHAPITRE 34

Dimitri ouvre lentement les yeux. Hier soir, il est rentré de Guéthary peu avant minuit. Malgré la fatigue, il a passé plus d'une heure à mettre toutes ses notes au net. Puis il s'est effondré, a dormi comme une masse. Un coup d'œil au radio-réveil : 09:28. Merde ! Il se lève d'un bond. Drichon va encore l'agresser en le voyant arriver en retard à la réunion de rédaction. Il fonce à la salle de bains pour une douche coup de fouet. Il s'arrête net : il est en RTT aujourd'hui ! Il soupire d'aise, bifurque vers la cuisine. Pour une fois, il va prendre le temps d'un petit-déjeuner sans stress.

Lorsqu'il a terminé, il saisit son smartphone et appelle Robert Pressat. Il va tomber des nues en apprenant que ni RHB ni de Mérot n'étaient à l'origine de la mort de son frère.

Lorsqu'il a terminé, Pressat crache : « Quelle salope ! Je comprends maintenant pourquoi Cédric était persuadé que Hubaud-Bréval était le responsable de son renvoi. Il m'avait dit : *« Je suis sûr que c'est lui, et je sais pourquoi* ». Il devait penser que l'autre avait appris qu'il couchait avec sa femme et qu'il se vengeait…Merde alors ! Quand je pense qu'elle ne paiera jamais pour ce qu'elle a fait… »

Il a à peine coupé la communication qu'il sent à nouveau vibrer son portable.

« Monsieur Boizot, c'est Thierry Moizan. »

Il écrase sa cigarette dans le cendrier, le cœur battant.

« Bonjour, professeur.

-Je vous avais promis de vous tenir au courant. Je tiens ma promesse puisque, de votre côté, vous avez respecté notre accord. Figurez-vous que je viens de recevoir l'annonce officielle des résultats des contre-expertises pratiquées sur le réservoir du Piper. Comme je m'en doutais, elles confirment mes propres conclusions. Le document précise même qu'il n'y a pas le moindre doute : l'avion a bien été saboté. »

Dimitri rejette la tête vers l'arrière, pousse un long soupir. L'affaire va désormais prendre une autre dimension.

Il fait : « L'information peut être diffusée ?

-Non, surtout pas ! Je sais que le procureur a prévu un point presse dans quatre jours, mardi à 11 heures, au tribunal de Tours… Je vous avertis seulement pour que vous soyez au courant. Mais, de grâce, ne sortez rien maintenant… Je sais que je peux compter sur vous.

-D'accord… J'espère seulement que mes confrères seront aussi corrects que moi.

-Si ça peut vous rassurer, ils seront seulement contactés mardi en début de matinée, et le sujet exact du point de presse ne sera pas donné.

-Vous y participerez ?

-J'y assisterai, en tout cas. Vous comptez y venir ?

-Je pense… Je vous remercie de m'avoir prévenu. C'est très aimable.

-Il n'y a pas de quoi. Bon week-end et peut-être à mardi, alors ! »

Dimitri a le sentiment de remonter la pente. Depuis son explication avec Sylvie, la vie reprend des couleurs.

Il compose le numéro de portable de Benaïssa. « Daniel, c'est Dimitri. Je viens d'avoir la confirmation pour l'accident d'avion de RHB : c'était bien un acte intentionnel !

-Ah merde ! Tout le monde est au courant ?

-Non. C'est mon informateur qui vient de m'appeler. Le procureur de Tours a programmé un point presse mardi à 11 heures. Pour l'instant, je suis le seul journaliste à savoir, les autres ne seront prévenus que mardi matin... Mais ne me demande pas un papier maintenant, sinon je grille mon informateur.

-Je vois... Qu'est-ce qu'on fait, alors ?

-Je te propose ceci : comme j'ai déjà une série d'éléments pour un premier papier, je vais le rédiger et te l'envoyer par mail. Mardi matin, je me rends à Tours, j'assiste au point presse et, dès que le proc confirme les infos que j'ai déjà, je t'envoie un SMS et tu peux lâcher le papier sur notre site Internet. Ainsi, nous serons les premiers sur le coup.

-OK. Ça marche... Félicitations, en tout cas : tu as eu le nez fin.

-Oui... Et peut-être plus encore que tu ne le penses... »

En coupant la communication, Dimitri a un léger sourire. Il consulte sa montre. Dix heures cinquante-deux. Il a une idée derrière la tête.

*

Le cabinet d'avocats Guillaumin, Guillaumin et Sachs est installé à un jet de pierre du centre Pompidou, au premier étage d'un immeuble moderne sans charme. Tout à l'heure, au téléphone, Olivier Guillaumin n'a pas caché son agacement. « Qu'est-ce que vous voulez ? J'espère que vous n'allez pas encore m'emmerder avec Hubaud-Bréval ! »

Il avait soufflé un coup avant de répondre : « Maître, j'ai une information exclusive de la plus haute importance dont je voudrais vous entretenir.

-À quel sujet ?

-Je ne peux pas vous en parler par téléphone, mais je peux vous assurer que vous serez surpris. »

Guillaumin avait laissé filer quelques secondes, comme s'il hésitait sur la conduite à tenir.

« Dites-m'en plus. Je suis très occupé.

-Bien. Il s'agit d'un meurtre.

-Un meurtre ? C'est une blague ?

-Je vous assure que non. »

L'écho d'un soupir d'exaspération. « Écoutez. J'ai un créneau d'une demi-heure cet après-midi. Venez à seize heures précises ! »

La porte du cabinet fait face à l'ascenseur. Les noms des trois associés figurent sur une plaque de cuivre moderne : Olivier Guillaumin, Clara Guillaumin et Norbert Sachs. Dimitri pousse sur le bouton de la sonnette. Une femme d'une cinquantaine d'années vient ouvrir en souriant. « Bonjour, Dimitri Boizot, j'ai rendez-vous avec maître Olivier Guillaumin.

-Oui, entrez, je vous prie, maître Guillaumin va vous recevoir. »

Une salle d'attente minuscule, avec une pile de magazines défraîchis. « On se croirait chez le dentiste » pense Dimitri. Quelques secondes plus tard, la secrétaire l'introduit dans un bureau au mobilier contemporain de verre et d'acier. Olivier Guillaumin ne s'est pas donné la peine de se lever. Il regarde Dimitri avancer, figé dans une attitude de méfiance méprisante.

« Bonjour maître. Désolé de vous déranger, mais ça en vaut la peine.

-Asseyez-vous ! »

Derrière l'avocat, une bibliothèque couvre tout le mur. Des codes Dalloz, des ouvrages de droit, en français et en anglais. Une coupe, probablement un trophée sportif de jeunesse. Un modèle réduit d'avion de tourisme, peut-être un Piper… Plusieurs photographies aussi. La prestation de serment de Guillaumin, une vingtaine d'avocats l'entourant lorsqu'il était bâtonnier. Quelques photos de famille… Dimitri enregistre le tout machinalement.

« Je vous écoute ! »

Chaque fois qu'il ouvre la bouche, on a l'impression que Guillaumin donne un ordre. « Il aurait fait un excellent adjudant » se dit Dimitri.

« Eh bien voilà, j'ai appris ce matin – mais l'information ne sera officielle que mardi – que l'accident d'avion qui a tué votre ami Hubaud-Bréval et ma collègue n'était pas un accident, mais un attentat. »

D'un coup, Guillaumin s'est tassé sur son fauteuil. « Un attentat ? Terroriste, vous voulez dire ? »

Dimitri le sent vraiment touché. « Non… Enfin je ne crois pas… L'expertise ordonnée par le parquet de Tours après l'accident a conclu à un sabotage du réservoir de l'appareil. C'est ce qui a provoqué sa chute et non pas, comme on le croyait, une erreur ou un malaise du pilote. »

L'avocat se passe la main droite sur les joues. Il a abandonné son attitude hautaine. « C'est incroyable…

-Maître, si je tenais à vous voir, c'est parce que j'aimerais avoir votre opinion. Vous connaissez parfaitement la banque Bréval, les gens qui y travaillent. Pensez-vous que quelqu'un, chez Bréval, aurait pu vouloir attenter aux jours de son président ? »

Guillaumin le regarde en fronçant les sourcils, comme s'il ne comprenait pas le sens de la question. « Qu'est-ce que j'en sais ? Excusez-moi, mais je suis sous le choc, je n'en reviens pas. Un sabotage…

-Maître, je suis désolé d'insister, mais vous êtes vous-même pilote, vous volez sur un avion semblable à celui de Rodolphe Hubaud-Bréval. Est-ce qu'un sabotage du réservoir pourrait être commis par le premier venu ? »

L'avocat a baissé la tête, il a les yeux mi-clos comme s'il était en pleine méditation.

«Je n'en sais rien… Mais vous êtes sûr de votre information, au moins ?

-À cent pour cent. Sans erreur possible.

-Mouais… C'est fou, il n'y a pas d'autre mot…

-Je me suis laissé dire que la succession de Rodolphe Hubaud-Bréval était compliquée, avec une guerre de clans entre madame Bréval et son fils d'un côté, de Mérot et ses amis de l'autre.

-Oui. Et alors ?

-Alors, dans toute guerre, il y a des victimes.

-Je ne peux pas y croire.

-Je sais que cela semble insensé… Ou alors il faut chercher du côté de la vie amoureuse de votre ami. »

Guillaumin relève la tête, plante son regard dans celui de Dimitri. « Un cocu, vous voulez dire ?

-Oui. Ce n'est pas à vous que je l'apprendrai, mais la rivalité amoureuse est un excellent mobile de meurtre, vieux comme le monde. »

L'avocat se passe la main dans les cheveux, hoche doucement la tête. « C'est certain… »

Dimitri le regarde, se demande s'il était au courant de la liaison de RHB avec sa fille. Dans le doute, il ne peut pas se permettre de citer Hervé comme suspect potentiel.

« Maître, vous qui connaissiez très bien Rodolphe Hubaud-Bréval, vous avait-il paru inquiet, nerveux ou tracassé ces derniers temps ? »

Guillaumin semble peu à peu recouvrer ses esprits. « Vous vous prenez pour un enquêteur ou quoi ?

-Je cherche seulement à comprendre ce qui s'est passé. Marie-Aude Février était une excellente journaliste, une consœur agréable, il est normal que je sois touché par sa mort, d'autant plus depuis que je sais qu'elle n'a rien d'accidentel…

-Que voulez-vous que je vous dise ? J'ai aussi été très touché par la mort de Rodolphe, mais maintenant, il faut laisser les enquêteurs faire leur boulot.

-Je comprends… Je ne vais pas vous déranger plus longtemps… »

SIXIÈME PARTIE
LA PROMENADE

CHAPITRE 35

Hervé Hubaud-Bréval range sa Jaguar dans le garage de la villa de Bougival, à côté de la Volvo de Stéphanie. Il soupire bruyamment. La journée a été harassante. Il a dû faire des efforts surhumains pour la traverser en donnant l'impression de maîtriser la situation. Pour lundi, il a convoqué une réunion du comité exécutif afin de procéder à un changement de l'ordre du jour du prochain conseil d'administration. Il n'a pas eu vraiment le choix. Sa mère le harcèle pour qu'il prenne immédiatement, et définitivement, la présidence de la banque Bréval.

« On ne peut pas attendre, il faut donner un signal clair aux clients ! » Depuis la mort de son mari, elle semble prise d'une véritable frénésie. Lui, au contraire, ne s'est jamais senti aussi mal. Stéphanie ne l'a pas encore quitté, mais il sait que ce n'est qu'une question de jours. Il referme la porte du garage qui glisse en silence sur ses rails.

S'il s'écoutait, il plaquerait tout. Il prendrait Jérémie sur ses épaules, l'emmènerait aux antipodes. Il passerait l'hiver sur une plage d'Australie. Ils s'amuseraient ensemble comme deux vieux copains. Il ne devrait plus jouer un rôle... Mais il sait très bien que tout cela n'est qu'illusion. Il n'a pas les moyens de ses rêves. S'il abandonnait la banque, sa mère ne le lui pardonnerait jamais...

La maison lui paraît sinistre dans la brume. Aucune lumière n'y brille. Qu'est-ce que ça signifie ? Stéphanie serait déjà partie en abandonnant sa voiture ? Inconcevable.

Il glisse sa clef dans la serrure de la porte d'entrée. L'obscurité, le silence lui donnent un mauvais pressentiment. D'habitude, Pomys, le berger australien, l'attend derrière la porte... Il allume la lumière dans le hall, appelle : « C'est moi ! Il y a quelqu'un ? »

Aucune réponse. D'habitude, Jérémie se précipite pour l'embrasser, sauter dans ses bras.

Il a soudain du mal à respirer, comme si un poids lui écrasait la poitrine. Ce n'est pas possible. Elle n'a pas emmené Jérémie, quand même ? Et le chien ? Avec ce temps, elle n'est certainement pas sortie le promener.

Il tente de retrouver son souffle en inspirant et en expirant lentement. Au bout de trente secondes, il se sent prêt à affronter l'escalier.

Les marches de bois craquent un peu. Curieusement, ce bruit le rassure, comme un témoignage de vie. Parvenu sur le palier du premier étage, il se dirige vers la chambre de Jérémie. Il ouvre la porte. Personne. Il sent monter une nouvelle crise d'angoisse. Il pousse la porte de leur chambre à coucher. Personne non plus. Il va jusqu'au dressing, fait coulisser le panneau de bois qui l'isole de la chambre. À première vue, les vêtements de Stéphanie sont là.

Il ressort de la chambre, le cerveau en feu, traversé par des pensées incohérentes, sans queue ni tête. Il saisit son portable dans la poche de sa veste, s'apprête à appeler Stéphanie. Soudain, une idée lui traverse l'esprit. Il avance jusqu'à la porte de la salle de bains, tente de l'ouvrir. En vain. Elle est fermée à clef !

Il entrevoit le pire, a une vision d'horreur. Il se met à hurler : « Stéphanie, Jérémie ! » Il secoue la poignée comme un fou. Il recule de deux mètres, s'élance et, de l'épaule droite, tente d'enfoncer la porte. En vain. Que faire ? Il tremble de tous ses membres, est incapable de penser. Soudain, l'image d'un maillet servant à enfoncer des pieux s'impose à lui. Il dévale l'escalier, traverse la maison, se retrouve dans le jardin, court jusqu'à l'abri où sont rangés les outils. Il fouille fébrilement, trouve la masse. Il remonte quatre à quatre, empoigne le maillet à deux mains. D'un énorme coup, il fait sauter la serrure. Il pousse la porte, tombe sur une scène de cauchemar.

Allongée dans la baignoire, de l'eau rougie jusqu'au menton, Stéphanie semble dormir. Il hurle : « Non ! », se précipite, la prend dans ses bras, la sort de l'eau, l'allonge sur le parquet. Les traces à ses poignets ne lui laissent aucun espoir. Il se laisse glisser à ses côtés sur le sol, incapable de rester debout, en gémissant tel un animal blessé. Il la prend dans ses bras, tente de la réchauffer comme s'il espérait la ramener à la vie. Au bout de plusieurs minutes, il revient lentement à la réalité. Il prend son portable, compose le 15…

*

Sa mère est arrivée la première, hagarde, décomposée. En voyant son fils, les mains, les bras et la poitrine couverts de sang, elle hurle : « Qu'as-tu fait ? »

Hervé tente de la calmer alors qu'il se trouve lui-même dans un état de détresse totale. « Stéphanie s'est… » Il ne peut terminer, éclate en sanglots.

À l'étage, devant la salle de bains, les ambulanciers du SAMU discutent à voix basse pendant que deux policiers procèdent aux premières constatations.

France Bréval contemple son fils d'un air horrifié. Elle crie : « Dis-moi ce qui s'est passé ! » En hoquetant, Hervé parvient enfin à lui expliquer. Il a à peine achevé qu'elle hurle à nouveau : « Et Jérémie ? Il est où ? »

Hervé ouvre grand la bouche, comme s'il cherchait à aspirer de l'air. Jérémie ! C'est seulement à cet instant qu'il se rend compte qu'il n'y a même pas pensé. « Je... Je ne sais pas... -Ce n'est pas possible ! » lance sa mère.

Elle grimpe l'escalier quatre à quatre. Elle tombe sur l'un des policiers qui vient de quitter la salle de bains. D'une voix aiguë, elle demande : « Où est mon petit-fils ? »

Le flic, un jeune type fluet, répond sans se départir de son calme : « Qui êtes-vous, madame ?

-France Bréval, je suis la belle-mère de Stéphanie... Mon petit-fils Jérémie, qui a quatre ans, devait être avec elle. »

Le policier la regarde sans broncher. « Nous avons examiné la maison. Il n'y avait personne, à part le mari de la victime. »

À cet instant, des éclats de voix retentissent au rez-de-chaussée. « Où est Stéphanie ? » crie une femme d'une voix hystérique. Le jeune policier lance à France Bréval : « Excusez-moi ! » et il dévale l'escalier.

En bas, Hervé fait face à ses beaux-parents. La mère de Stéphanie, une femme d'une cinquantaine d'années à la silhouette sportive, lui a empoigné les bras et le secoue violemment. Son mari, qui a enfilé à la hâte une chemise blanche dont un pan dépasse de son pantalon, et qui n'a même pas pris la peine de mettre des chaussures, agrippe son épouse. « Filo ! Arrête ! »

Le petit flic lève les deux mains et crie : « S'il vous plaît ! »

Le silence rétabli, il lance : « Vous êtes les parents de la... ? »

Il n'a pas le temps d'achever sa phrase que Filomena Guillaumin répond déjà : « Où est-elle ? Je veux la voir ! »

Le jeune officier de police lève à nouveau les mains en signe d'apaisement. « Pas de problème, mais avant ça, j'aimerais vous poser quelques questions... »

France Bréval redescend alors l'escalier : « Et Jérémie ? »

Tout le monde se tourne vers elle. Olivier Guillaumin, le visage ravagé par les larmes, regarde Hervé en silence.

« Il n'était pas là quand je suis rentré… Stéphanie s'était enfermée dans la salle de bains… »

Le flic intervient alors : « Il y a un enfant de quatre ans qui a disparu, c'est bien ça ?

-Oui » répond Hervé Hubaud-Bréval dans un souffle.

CHAPITRE 36

Judith Maurain s'apprêtait à monter dormir lorsque la sonnerie de son portable a déchiré le silence.

« Oui ?

-Judith ? C'est Olivier Guillaumin, le papa de... »

Il s'étrangle. Elle ressent une soudaine angoisse. Elle connaît les parents de Stéphanie depuis plus de vingt ans, il lui est même arrivé de passer des vacances dans leur maison en Provence. Jamais elle n'a entendu maître Guillaumin parler d'une telle voix, frêle, épuisée. Elle pressent un malheur.

Cet après-midi, quand Stéphanie l'a appelée afin de lui demander si elle pouvait garder Jérémie pour la nuit, elle a accepté sans hésiter. Depuis la maternelle, Stéphanie est sa meilleure amie. Jamais elles ne se sont quittées. Une amitié exceptionnelle, comme on n'en rencontre qu'une fois dans sa vie.

Elles sont plus que des sœurs, elles se disent tout, ne se cachent rien. Quand son couple a commencé à battre de l'aile, c'est à Stéphanie que Judith s'est confiée. Stéphanie a tout fait pour lui remonter le moral, elle a toujours été là, sans jamais rechigner.

Lorsque Stéphanie l'a invitée au restaurant trois mois plus tôt, en plein été, pour lui annoncer qu'elle vivait une histoire d'amour – incroyable, c'était l'adjectif qu'elle avait alors utilisé – avec son beau-père, le père de son mari, elle lui avait parlé avec franchise. Elle lui avait demandé de réfléchir, de soupeser toutes les conséquences de ses actes. En même temps, elle n'avait jamais vu Stéphanie si épanouie. Même lorsqu'elle avait entamé sa relation avec Hervé, elle ne paraissait pas aussi heureuse.

C'est à elle aussi qu'elle a annoncé qu'elle était enceinte de Rodolphe Hubaud-Bréval. Elle avait alors compris que son amie s'était engagée dans une voie sans retour. Elle en avait été mortifiée pour Hervé, qu'elle connaît depuis de longues années, mais elle savait qu'elle ne pourrait pas la faire revenir sur sa décision.

Alors, le jour où Stéphanie lui a téléphoné pour lui annoncer, entre deux sanglots, l'accident et la mort de son amant, Judith a compris que les jours et les semaines à venir allaient être difficiles.

Du jour au lendemain, Stéphanie s'est comme éteinte, retranchée du monde. Elle a bien essayé de la faire parler, mais elle lui disait qu'elle avait besoin de temps.

Tout à l'heure, lorsqu'elle est passée à la maison pour déposer Jérémie, avec un grand sac dans lequel elle avait soigneusement rangé toutes ses affaires, elle avait pourtant l'air d'avoir retrouvé un peu le moral. « Je peux aussi te laisser Pomys, j'ai apporté ses croquettes ?

« Bien sûr... Ça va ? » a-t-elle demandé à Stéphanie en la serrant dans ses bras.

« Oui... Ça commence...

-Tu sors ce soir ? Avec Hervé ?

-Non... Je sors, mais pas avec Hervé. »

Elle l'avait regardée avec un petit sourire complice, avait demandé : « Tu as trouvé quelqu'un ? »

Stéphanie avait souri à son tour, elle avait hoché la tête. « Je t'en parlerai… Je te laisse, je dois y aller. »

Elles se sont embrassées, Stéphanie a déposé deux baisers sur les joues de Jérémie, a donné une petite tape sur la tête du berger. Puis elle est partie.

*

Judith répond : « Oui, bonjour monsieur Guillaumin. Qu'est-ce qui se passe ?

-Jérémie est chez toi ?

-Oui. Pourquoi ?

-Je viens tout de suite.

-Mais pourquoi ? Il est arrivé quelque chose ? »

Le père de Stéphanie a coupé la communication sans répondre. Elle a aussitôt tenté d'appeler son amie, est tombée sur son répondeur. À cet instant, une espèce de sixième sens l'a avertie d'une catastrophe. Elle s'est assise sur le canapé et, la tête entre les mains, s'est mise à pleurer en silence…

*

Le jour se lève à peine sur la maison du Vésinet. France Bréval n'a pas fermé l'œil de la nuit. Hervé, lui, grâce aux somnifères, est plongé dans un sommeil profond. C'est ce qui peut lui arriver de mieux en ce moment.

Elle a trouvé odieuses les insinuations des policiers, leurs questions cent fois répétées sur l'emploi du temps d'Hervé, sur l'enchaînement de ses gestes depuis son retour à Bougival.

Elle soupire. Après tout, ils ne font que leur métier. Elle-même, lorsqu'elle a vu son fils couvert de sang, a eu un moment de doute.

Pourquoi Stéphanie a-t-elle voulu en finir ? Elle n'a rien laissé, pas un mot d'explication. Avec sa belle-fille, elle n'a jamais eu de relations très proches. Elle a toujours pensé que Stéphanie devait la considérer avec un certain mépris. À table, elle parlait souvent de son travail de directrice des ressources humaines dans une grande imprimerie, elle évoquait ses journées interminables et épuisantes comme pour mieux souligner l'oisiveté de sa belle-mère, sans avoir l'air d'y toucher.

Elle avait bien remarqué que la mort de Rodolphe paraissait l'avoir terriblement affligée. Elle avait alors mis cela sur le compte de sa grossesse qui, selon les propres termes d'Hervé, paraissait plutôt difficile. Mais elle n'aurait jamais pensé qu'elle en arriverait à mettre fin à ses jours de cette manière.

Une chose est sûre, en tout cas : elle va devoir soutenir Hervé plus que jamais. Contrairement à son père, et sans doute par opposition à celui-ci, il était l'homme d'une seule femme. Il va traverser des moments douloureux. Heureusement, Jérémie est là. Olivier et Filomena l'ont repris chez eux, le temps que les choses se calment. Eux aussi doivent éprouver une douleur inhumaine. Perdre leur fille dans des circonstances aussi dramatiques est le pire des drames.

Lundi, elle se rendra elle-même à la réunion du comité exécutif de la banque Bréval. Elle devra être très claire, fixer les grandes lignes des semaines à venir. Elle devra aussi servir la version officielle de la mort de Stéphanie : une noyade dans sa baignoire à la suite d'un malaise. Personne ne sera dupe, mais au moins les apparences seront sauves…

*

Olivier Guillaumin s'est enfermé dans son bureau. Il a besoin d'être seul. Dans la chambre d'à côté, il entend Filomena occupée à endormir Jérémie en lui racontant une histoire qu'elle invente au fur et à mesure. Il l'admire sincèrement. Comment réussit-elle à donner le change au gamin ? Lui, il ne pourrait pas.

Sur le bureau, une photographie le ramène aux jours heureux. C'était trois ans plus tôt. Jérémie devait avoir près d'un an, il ne marchait pas encore. Il posait, souriant, dans les bras de Stéphanie. Hervé, Filo et lui étaient à ses côtés. C'était Clara qui avait pris la photo...

Comment peut-on avoir envie de mourir à trente ans ? Si seulement, il avait compris dans quel état de détresse se trouvait Stéphanie...

Pourtant, de leurs trois enfants, elle a toujours été la plus forte. Au cabinet, Clara commence à prendre son envol, mais il lui faudra encore du temps. Étienne, l'aîné, vit sa vie d'ingénieur chez Airbus. Depuis qu'il est installé à Toulouse, avec sa femme et leurs deux enfants, il ne les voit plus qu'une ou deux fois par an. Chez eux, c'est Alexandra qui mène la barque, qui décide de tout. Étienne se laisse vivre...

Lorsqu'il l'a appelé tout à l'heure pour lui annoncer la nouvelle, il l'a senti profondément bouleversé. Mais il a déjà prévenu qu'il allait monter seul à Paris, Alexandra étant retenue par on ne sait trop quelles obligations.

Il se lève lentement, il a la tête qui tourne un peu. Il va quand même essayer de dormir, en serrant Filomena dans ses bras. Il lui doit bien ça...

CHAPITRE 37

Dimitri referme son ordinateur portable. Il a bien travaillé. Son article est achevé, prêt à être publié dès que le parquet de Tours aura confirmé le sabotage du Piper, dans trois jours. Les enquêteurs doivent désormais être sur les dents. L'affaire est délicate. On n'a pas affaire ici à des victimes de troisième zone, et les coupables potentiels sont nombreux.

Il regarde, pensif, la feuille de papier sur laquelle il a tracé deux colonnes. À gauche, il a regroupé les suspects liés à la banque Bréval ou à la vie privée de RHB. À droite, ceux qui auraient pu en vouloir à la vie de Marie-Aude.

Dans la première, Alexandre de Mérot figure en bonne place, aux côtés de Rebulet et de Tartakover. Tous les trois avaient d'excellentes raisons pour se débarrasser de Hubaud-Bréval.

Juste en dessous, il a écrit le nom de France Bréval. Depuis son entretien avec Terris, il sait qu'elle est capable de tout par dépit amoureux. Peut-être a-t-elle appris la liaison de son mari avec leur belle-fille et a-t-elle décidé de lui faire payer cet ultime outrage.

Dans le même registre, Hervé Hubaud-Bréval fait également un suspect idéal. La trahison de son père, doublée de celle de son épouse, constitue un bon motif pour un assassinat.

Derrière ces *favoris,* Dimitri a dressé une liste d'*outsiders.* En commençant par Franck et Marion Paulet, à cause de la mort de leur fille suite aux assauts de RHB. Sous leurs noms, il a écrit ceux de Noémie Laforge et de Sonia Malengreau, d'autres victimes de RHB. « Et il en existe sans doute bien d'autres que je ne connais pas » se dit-il.

Il a également noté le nom de Robert Pressat. Après avoir longtemps fait l'impasse sur la mort de son frère Cédric, peut-être a-t-il ressenti un irrépressible besoin de vengeance après avoir renoué avec sa nièce et s'être persuadé, avec elle, que Hubaud-Bréval était l'unique responsable de leurs malheurs respectifs.

Dans la colonne de droite, en revanche, un seul nom, celui d'Émilien Nocker, même s'il a du mal à imaginer Émilien dans la peau d'un assassin. Mais les témoignages de Jean-Paul Février et de Sarah Laignier sur son caractère potentiellement violent ont semé le doute dans son esprit.

Il pousse un profond soupir, pense au clochard du square. Adrien Festu lui a conseillé de chercher le coupable au-delà des apparences. Il a certainement raison, mais encore faut-il pouvoir y arriver. Il éprouve un sentiment d'impuissance très frustrant, avec l'impression désagréable d'être passé à côté de l'essentiel. Lundi, il va tout reprendre à zéro.

En attendant, il va tâcher de profiter du week-end puisqu'il est en congé. Il pense à Sylvie. Dix fois déjà, il a failli l'appeler, mais il a su résister. Il sait qu'il doit lui laisser du temps, qu'il ne faut surtout pas lui forcer la main, même s'il en crève de ne pas la voir.

Ses parents l'ont invité à déjeuner. Dans une demi-heure, il va donc prendre la route de Vernouillet. De cette façon, au moins, il pourra passer un moment avec Jean-Michel. Le pauvre doit être perturbé de n'avoir plus vu ses parents depuis quelques jours.

*

La radio de bord est branchée sur RTL. « Midi, les informations présentées par Olivier Boy... Bonjour, pour ouvrir ce flash, une information concernant la banque Bréval. »

Dimitri monte le son, le cœur battant, soudain aux aguets. Pourvu que l'information sur le sabotage n'ait pas fuité !

« On peut désormais parler d'une véritable série noire dans cette société. En effet, après le décès accidentel de son président Rodolphe Hubaud-Bréval, le 8 novembre dernier, et le décès inopiné de son successeur, Alexandre de Mérot, dix jours plus tard, on apprend aujourd'hui que Stéphanie Guillaumin, l'épouse d'Hervé Hubaud-Bréval, qui doit bientôt succéder à son père à la présidence de la banque, est décédée hier soir à l'âge de trente ans. Selon les informations du parquet, la jeune femme s'est noyée dans sa baignoire après avoir été victime d'un malaise... En Grande-Bretagne... »

Dimitri coupe la radio. Putain ! Qu'est-ce que c'est encore que cette histoire ? On ne meurt pas dans sa baignoire à trente ans. Sauf si on habite une bicoque pourrie avec un chauffe-eau défectueux. Ce n'est certainement pas le cas chez les Hubaud-Bréval. De deux choses l'une : ou elle n'a pas supporté la mort de son amant et elle s'est foutue en l'air, ou son mari, après avoir éliminé son père, a achevé sa besogne...

Il appelle aussitôt Benaïssa. « Salut, tu es au courant pour la femme d'Hervé Hubaud-Bréval ?

-Oui, il y a eu une dépêche AFP... Tu as des infos ?

-Non, non, pas du tout, je viens juste de l'entendre à la radio.

-OK. Tu veux pas faire un papier, par hasard ?

-Écoute Daniel, c'est gentil, mais non, j'ai des obligations familiales, là… Mais je t'ai déjà envoyé mon papier sur le sabotage de l'avion.

-Oui, je l'ai reçu. C'est parfait… De toute façon, on se voit au journal lundi et on en reparle. Bon week-end ! »

Il coupe la communication. Il aurait pu évoquer ses soupçons à Daniel, mais il préfère les garder pour lui… Hervé Hubaud-Bréval, décrit par Terris comme un mollasson pas très courageux, n'a pas pu supporter de voir sa femme le tromper avec son propre père. Alors il l'a tué, mais à la façon d'un lâche, à distance, en essayant de faire passer le meurtre pour un accident. Avec l'espoir, sans doute, de reconquérir Stéphanie. Quand il a compris que c'était fichu, plutôt que de la perdre définitivement, il a préféré une solution plus radicale. Ça se tient parfaitement.

*

Lorsqu'il regarde Jean-Michel courir dans le jardin, Dimitri revoit ses deux aînés

« C'est marrant, dit-il à son père, debout à ses côtés, comme, dans une même famille, les personnes peuvent être différentes. Je me rappelle bien, quand Claude avait quatre ans, il avait déjà un caractère difficile, volontiers grognon. Mireille, elle, était la douceur incarnée.

-C'est vrai, répond son père. Entre toi et Simon, c'était le jour et la nuit. Simon débordait d'énergie, pouvait même se montrer parfois violent. Alors que toi, tu étais plutôt rigolard… »

« J'ai bien changé alors » songe Dimitri. Tout haut, il reprend : « En tout cas, merci. Sans vous, je ne sais pas comment j'aurais pu me débrouiller. »

Son père pose une main sur son épaule, a un sourire embarrassé : « C'est normal, et puis on adore avoir notre petit-fils à la maison… Tu as des nouvelles de Sylvie ? »

-Maman ne t'a pas dit ? Je suis allé la voir. On a bien discuté. Elle va revenir très bientôt, elle m'a dit qu'elle avait besoin de quelques jours de réflexion... »

À ce moment, son portable se met à vibrer dans sa poche. Le visage de Sylvie apparaît sur l'écran.

« Oui ?

-Vous êtes où ? »

CHAPITRE 38

Dimitri ouvre les yeux. L'obscurité de la chambre n'est troublée que par la lueur du radio-réveil. Sept heures vingt-quatre. Tout lui revient en mémoire. Le coup de téléphone de Sylvie, le bonheur inespéré qui l'a envahi lorsqu'elle lui a dit qu'elle était de retour à l'appartement.

« Tu es… revenue ? » lui a-t-il demandé avec une voix de petit garçon timide.

Après avoir coupé, il s'est tourné vers son père avec un sourire radieux. « Sylvie est rentrée, elle nous attend. »

Son père n'a rien dit, mais il a posé sa main sur son cou et l'a embrassé avec une force inouïe.

Quand Jean-Michel a vu sa maman, debout dans le hall d'entrée, il a couru dans ses bras. Sylvie a alors éclaté en sanglots, comme si elle se libérait de toute la tension accumulée depuis plusieurs jours. Après avoir couvert son fils de baisers, elle s'est avancée vers lui, a souri et ils ont échangé un long, un très long baiser.

Cette nuit, ils ont fait l'amour comme ils ne l'avaient plus fait depuis longtemps. Ils ont parlé aussi. « J'avais besoin de ces quelques jours de réflexion. Je ne savais plus où j'en étais... Nicole a été formidable, tu sais. Elle m'a vraiment remis les idées en place.

-Moi aussi, j'ai compris pas mal de choses. Je sais maintenant que je ne peux pas vivre sans toi, sans vous plutôt. »

Ils se sont endormis dans les bras l'un de l'autre. Ce matin, il a l'impression d'une renaissance...

Il s'étire lentement, sans bruit pour ne pas la réveiller. À cet instant, il entend Jean-Michel crier, depuis sa chambre : « Papa ! »

L'affaire Hubaud-Bréval lui semble alors tellement lointaine. Une nouvelle journée commence...

*

France Bréval est abattue. Elle s'est allongée sur le canapé et a fermé les yeux. Lorsque Hervé a enfin émergé du sommeil, peu avant midi, il est descendu la rejoindre, les yeux gonflés, le regard flou.

Sans un mot, il s'est approché d'elle, l'a serrée dans ses bras. Puis il a posé sa tête au creux de son épaule, comme quand il était petit, quand il avait besoin d'être consolé.

Il a commencé à parler. D'abord elle a cru qu'il délirait, que les émotions des dernières heures, des derniers jours, avaient été trop fortes. Mais elle a fini par comprendre qu'il disait vrai. Elle s'est mise à pleurer sans s'en apercevoir. Ils sont demeurés ainsi longtemps, enlacés, derniers rescapés d'une tragédie sans morale.

Enfin Hervé s'est détaché d'elle, l'a regardée. « C'est fini pour moi. La banque Bréval, tout ça... Je ne pourrai plus jamais y mettre les pieds, c'est au-dessus de mes forces. Tu vas devoir trouver un autre président, maman... »

Cela fait des années qu'il ne l'a plus appelée maman. Pour un instant, il est redevenu le petit garçon fragile dont elle avait rêvé de faire un aigle...

Elle l'entend prendre une douche. Il lui a juré qu'il veut vivre désormais pour Jérémie. En fin de compte, il est le seul élément raisonnable de la famille. Elle aurait dû divorcer de Rodolphe dès qu'elle a appris ses premières tromperies. Elle a été faible. Mais c'est terminé. Elle appelle Nathalie Gaumais. Elle a toujours éprouvé de la sympathie pour la secrétaire de son mari. Pas seulement parce qu'elle sait qu'elle n'a jamais couché avec Rodolphe, mais aussi parce qu'elle apprécie son caractère intransigeant. « Nathalie, pouvez-vous appeler les membres du comité exécutif et les avertir que la réunion prévue demain est reportée de vingt-quatre heures ? Merci beaucoup. À mardi. » Puisque Hervé ne reviendra pas sur sa décision, elle va devoir monter en première ligne pour assurer l'avenir de la banque Bréval. Elle a sa petite idée...

*

Le ciel est lourd. Un ciel d'automne, annonciateur de mauvaise saison. Cet après-midi, les promeneurs ne se bousculent pas dans le parc Monceau. Dimitri et Sylvie avancent, enlacés. Devant eux, Jean-Michel court, sautille, revient en riant, des feuilles mortes plein les mains.

Ils se sont offert un restaurant pour sceller leurs retrouvailles. Après un apéritif, une demi-bouteille de vin et un pousse-café, il se sent léger, a l'impression de glisser à un mètre du sol.

« Si tu avais vu la tronche de madame Loumède ! dit-il en riant. Plus sinistre que jamais ! Mais je dois bien reconnaître que je n'en menais pas large. Je me demandais ce qui t'était arrivé, j'étais fou d'inquiétude... Je t'en supplie, ne me refais plus jamais un coup comme celui-là ! »

Sylvie sourit, dépose un léger baiser sur sa bouche. Il la retrouve enfin.

Soudain, parvenus à hauteur de la rotonde, ils entendent des cris affolés. « Flo ! Flo ! » Ils se retournent, voient débouler une fillette de deux ans à peine, qui court en pleurant, droit devant elle, sans savoir où elle va.

Sylvie n'hésite pas. Elle se précipite vers la petite, l'arrête, s'agenouille devant elle et l'agrippe par les aisselles.

Derrière, les cris ont redoublé : « Flo ! Florence ! Florence ! »

Sylvie a soulevé la fillette dans ses bras, elle se dirige vers l'endroit d'où proviennent les cris. Un homme surgit, décomposé, en pleine panique. Il tourne la tête dans tous les sens, aperçoit enfin sa fille qui vient de se retourner.

Sylvie dépose la petite sur le sol. Elle s'élance vers son père qui l'attrape et la serre contre lui en l'embrassant, avec de grosses larmes qui coulent sur ses joues.

« Florence, tu m'as fait une de ces peurs ! » lance-t-il à la fillette, qui sourit maintenant aux anges.

Il s'adresse à Sylvie : « Merci madame ! J'ai eu la peur de ma vie. Je la voyais déjà se faire écraser par une voiture, ou emmenée par un… Merci ! »

Dimitri contemple la scène, attendri. L'image de ce père et de sa fille le ramène à l'époque où il cavalait derrière Mireille lorsqu'elle avait des velléités d'indépendance soudaine… Il sourit, repose sa main sur l'épaule de Sylvie.

Tout à coup, alors qu'ils marchent serrés l'un contre l'autre, comme les amoureux qu'ils sont redevenus, il a comme une illumination. Mais oui, c'est évident. Comment n'y a-t-il pas pensé plus tôt ? Il avait pourtant tous les éléments sous les yeux. Il devait seulement aller voir au-delà des apparences, comme le lui a conseillé Adrien Festu…

CHAPITRE 39

Ce matin, en quittant l'appartement, Sylvie l'a gratifié d'un long baiser au goût de menthe. « À ce soir, mon amour... Ne t'inquiète pas, j'irai chercher Jean-Michel. À l'heure. Ainsi, madame Loumède n'aura pas de motif d'inquiétude... » En refermant la porte de l'appartement, elle affichait un large sourire.

Après avoir déposé le gamin à l'école, où il s'est offert le luxe de décocher à Mélanie Loumède un clin d'œil qui l'a laissée pantoise, il s'est dirigé vers le journal dans un état d'euphorie irréelle. Il y a des moments bénis dans la vie où tout semble marcher d'un même pas. Depuis deux jours, l'entente avec Sylvie est à nouveau au zénith. Et, hier, en rentrant rue Descombes après la promenade en famille, un coup d'œil sur une série de photographies enregistrées dans son smartphone l'a convaincu qu'il a peut-être identifié l'assassin de Rodolphe Hubaud-Bréval. Jusqu'ici, Hervé faisait un suspect évident, trop évident. Bien sûr, il avait — selon l'expression d'Adrien Festu —

une *raison impérieuse* de tuer son père. En revanche, il lui paraît plus qu'improbable qu'il ait eu le courage d'assassiner Stéphanie. Lors de la balade au parc Monceau, la solution lui est apparue, lumineuse...

Après avoir garé sa voiture, il décide de s'offrir un instant de détente dans le petit square. En le voyant arriver, Festu s'avance vers lui, un sourire ironique aux lèvres. « Salut Dimitri ! Et alors, l'hécatombe se poursuit à la banque Bréval ?

-Oui... Et grâce à toi, je crois bien que j'ai identifié l'auteur du sabotage de l'avion de RHB !

-C'est pas vrai !

-Si. J'ai repensé à ce que tu m'avais dit, à la *raison impérieuse* qui peut amener quelqu'un à se transformer en meurtrier. Ce week-end, une raison impérieuse m'est apparue comme une sorte de révélation.

-Explique-moi !

-Que penses-tu de l'amour d'un père pour sa fille ? »

Festu réfléchit quelques secondes avant de répondre : « Ça peut coller... Tu m'en dis un peu plus ?

-Là, tout de suite, je n'ai pas le temps, mais je te promets de revenir très vite te mettre au parfum ! »

Il s'éloigne en songeant qu'une mise au parfum ne serait pas un luxe pour le SDF, qui dégage une odeur de plus en plus pestilentielle...

*

Dans son bureau, Drichon consulte les journaux concurrents en faisant la gueule. En voyant arriver Dimitri, il lui adresse un grand geste en criant : « Viens ! »

Il soupire. En même temps, il se sent tellement bien dans sa peau qu'il a envie d'en découdre, juste pour le plaisir, avec son rédacteur en chef.

« Salut Étienne, tu as l'air en pleine forme, dis donc ! » lâche-t-il ironiquement.

« Assieds-toi ! fait Drichon. Ce week-end, j'ai eu un contact avec quelqu'un qui m'a filé des tuyaux sur un trafic d'animaux protégés. J'ai pensé que ce serait un bon sujet pour toi.

-Pourquoi pas ? File-moi les coordonnées de ton informateur et je le contacterai.

-À propos, tu as fait quelque chose sur le stationnement à Paris ?

-Pas encore. Je n'ai pas eu le temps, mais je vais m'y coller.

-Il faudrait, sinon on va se faire griller par les concurrents ! »

Dimitri fait oui de la tête et s'apprête à se lever pour quitter le bureau, mais Drichon n'en a pas terminé avec lui. « Attends ! »

Que va-t-il encore inventer pour lui pourrir la vie ? Le rédacteur en chef se penche un peu vers lui et, à mi-voix, lâche : « Un poste de rédacteur en chef adjoint, ça te dirait ? »

Il le regarde en se demandant si *Je pense que...* se fout de lui, s'il a perdu la boule ou s'il est sérieux. Prudent, il fait : « C'est-à-dire ?

-On se connaît depuis longtemps. J'ai toujours pensé que tu étais un excellent reporter... J'ai pu apprécier tes qualités humaines, aussi...[5] Alors je pense que le moment est venu de te récompenser... »

Il attend sa réaction. Dimitri doit réfréner une soudaine envie d'éclater de rire. La manœuvre de Drichon est tellement grosse qu'elle en devient ridicule. Il est prêt à tout pour sauver sa place. Face à Fourment qui semble avoir le vent en poupe, il doit absolument conforter sa position. Il lui faut donc se concilier un maximum de journalistes pour bénéficier de leur soutien lorsque l'actionnaire devra se décider. En recréant un poste de rédacteur en chef adjoint qui avait disparu lorsqu'il avait succédé à Magnin, Drichon doit se dire qu'il gagne une voix très facilement. Il a sans doute déjà proposé le job à d'autres...

« Je croyais que tu ne voulais plus d'un adjoint, que la situation actuelle te convenait bien.

---

[5] Voir *Une petite fille aux cheveux roux.*

-Il n'y a que les imbéciles qui ne changent pas d'avis… »

Dimitri hoche la tête en s'efforçant de garder son sérieux. « Tu veux une réponse pour quand ?

-Prends un jour ou deux pour y réfléchir.

-OK. On fait ça ! »

*

En quittant Drichon, il se dit que le stationnement attendra encore un peu, tout comme sa réponse. Pour l'heure, il a une tâche plus urgente à accomplir.

Il s'installe à son bureau, lance un regard mélancolique au bureau de Marie-Aude. Il saisit son smartphone, appelle Olivier Guillaumin, mais tombe immédiatement sur son répondeur. Rien d'étonnant. Après le suicide de sa fille, il doit avoir coupé son téléphone pour ne pas être dérangé dans des moments aussi douloureux.

« Bon, je vais essayer à son cabinet » se dit-il.

La secrétaire décroche au bout d'une dizaine de sonneries. « Bonjour, je cherche à joindre maître Olivier Guillaumin, de la part de Dimitri Boizot.

-Je suis désolé, monsieur, mais maître Guillaumin a un deuil dans sa famille. Il est absent jusqu'à jeudi.

-Je vous remercie… »

Il n'y a plus qu'à appeler son domicile privé, à Neuilly.

Il tombe sur une femme au léger accent slave. « Monsieur n'est pas là en ce moment. Je peux peut-être vous passer madame ?

-Oui, merci… »

Hier, au parc Monceau, en voyant ce père éploré serrer sa fillette dans ses bras, Dimitri a soudain revu une photographie d'Olivier Guillaumin, posant devant son avion, avec Stéphanie, alors âgée d'une dizaine d'années, lui tenant la main. Cette photo se trouvait sur un rayonnage de la bibliothèque lorsqu'il est allé le voir à son cabinet.

Hier, à l'appartement, il a consulté son smartphone, et il a retrouvé les clichés qu'il avait pris à l'aérodrome d'Évreux, ceux qui ornaient le panneau du club des *Ailes ébroïciennes*. Bingo ! La même photo s'y trouvait : Olivier Guillaumin et Stéphanie devant le Piper. Mais ils n'étaient pas seuls : à leur gauche, on pouvait aussi reconnaître Rodolphe Hubaud-Bréval, tout sourire, la quarantaine avantageuse. Cela signifie que Guillaumin a recadré ou coupé le cliché qu'il a dans son bureau pour en faire disparaître son ami de jeunesse ! Alors qu'il lui parlait, Dimitri avait alors inconsciemment enregistré ce fait, sans s'y attarder. En y repensant, il s'est dit que si Guillaumin a agi comme une collégienne lacérant avec rage la photo de son ancien petit ami, c'est qu'il devait avoir une excellente raison, une *raison impérieuse* pour reprendre les mots d'Adrien Festu. Elle lui est apparue comme une évidence lumineuse : Guillaumin avait appris que Stéphanie couchait avec RHB !

« Allo ?

-Madame Guillaumin, bonjour. Dimitri Boizot, de *L'Actualité*. Je suis absolument désolé de vous déranger dans des circonstances aussi tragiques. Permettez-moi d'abord de vous présenter mes plus sincères condoléances. En fait, je cherchais à joindre votre mari…

-Il n'est pas ici pour l'instant.

-Ah ? Vous savez si je peux le contacter quelque part ?

-Actuellement, ce n'est pas possible. Il est parti faire un vol en avion pour essayer de se changer les idées. La mort de notre fille l'a terriblement abattu.

-Je comprends… Je vous souhaite beaucoup de courage… »

Il peste un grand coup après avoir raccroché. Comment avoir la confirmation que Guillaumin était au courant de la liaison de sa fille avec Hubaud-Bréval ?

*

Benaïssa et Dimitri se sont installés dans un coin de la cafétéria. Ils parlent en chuchotant.

« Tu sais ce que vient de me proposer *Je pense que*... ? »

Daniel sourit et réplique sans hésiter : « Un poste de rédacteur en chef adjoint.

-Il t'en a parlé ?

-Non. Mais il me l'a proposé aussi. Je lui ai dit non. À mon âge, je n'ai plus envie de jouer les petits chefs... Et toi, qu'est-ce que tu en dis ?

-Pas grand-chose... Je suis un peu comme toi, je me dis que c'est juste un hochet... Je lui ai demandé le temps de la réflexion.

-Ouais... Mais si j'étais toi, je me demande si je n'accepterais pas. La rémunération n'est pas mal. Et puis, c'est un poste où tu pourras surveiller ce brave Étienne, l'empêcher de faire n'importe quoi.

-Je vais y penser... Plus important, maintenant : pour revenir à l'accident d'avion de RHB et de Marie-Aude, je suis à peu près certain d'avoir découvert celui qui a saboté le réservoir... »

Daniel, les yeux écarquillés, l'écoute dérouler son argumentation sans l'interrompre.

Lorsqu'il a terminé, Benaïssa boit d'un trait son café et dit : « Ton hypothèse est séduisante, mais tu n'as pas l'ombre d'une preuve !

-C'est vrai, Daniel. Mais je suis certain que je suis dans le bon. Tout concorde.

-Essaie de joindre Guillaumin tout à l'heure, pose-lui clairement la question des relations de sa fille et de RHB, tu verras bien ce qu'il te dira... »

En repartant vers son bureau, Dimitri ne se doute pas qu'une surprise gigantesque l'attend...

CHAPITRE 40

Olivier Guillaumin scrute le ciel. Ce matin, les conditions de vol sont idéales. Le plafond nuageux est élevé, le vent est faible.

Dans sa tête, il entend résonner la voix de Rodolphe, ses sentences imbéciles et machistes. « L'amour vache, elles aiment ça, tu peux me croire. Même si elles font des manières, elles ne demandent pas mieux. »

Sale con ! Quand il pense qu'il a défendu cette merde, qu'il lui a évité une condamnation. Il n'avait pas d'états d'âme, alors. Un avocat se doit de défendre son client, quel qu'il soit, quoi qu'il ait fait. Et puis Rodolphe n'était pas n'importe qui. Il le considérait comme un ami, et on ne juge pas un ami. Il lui arrivait même de rire avec lui quand il lui décrivait complaisamment ses pratiques sado-maso. « Tu devrais essayer ! Il faut mettre du piment dans sa vie sexuelle ! » Il ne répondait pas alors, se contentait de sourire.

Lorsque l'affaire Laura Paulet avait éclaté, Hubaud-Bréval n'avait même pas cherché à nier la vérité. Il lui avait expliqué comment, alors qu'il l'avait convaincue – « J'ai dû insister un peu, mais pas trop » avait-il précisé avec son petit sourire fat de brute sûre de son charme – d'expérimenter une position *fabuleuse,* sa tête avait violemment heurté l'angle d'un radiateur.

Comprenant immédiatement la gravité de la situation, il avait jeté toutes ses forces dans la balance pour éviter à ce porc un procès public qui aurait signifié la fin de sa carrière, et peut-être porté un coup mortel à la banque Bréval. Par un coup de chance insolent, il s'était retrouvé face à un couple de pauvres gens, dépassés par les événements. S'ils avaient été plus opiniâtres, ou simplement plus malins, ce sale connard se serait retrouvé au tribunal. Peut-être, alors, l'engrenage infernal se serait-il arrêté.

Il regarde la terre en bas, sa décision est prise. Il ne peut plus revenir en arrière. Il revoit le visage de Filomena le soir où elle lui a tout révélé. « Stéphanie est passée cet après-midi… » Elle s'était arrêtée, comme si la suite était trop difficile à exprimer. « Elle a quelqu'un dans sa vie…

-Quelqu'un… Et Hervé ?

-Ce n'est pas la question. Stéphanie est amoureuse d'un autre homme. »

Il avait accusé le coup. Jusque-là, le couple que formaient Stéphanie et Hervé lui semblait si solide, si *évident.*

« On le connaît, cet homme ?

-Oui… »

Face au silence embarrassé de Filo, il avait haussé le ton. « Eh bien ! C'est qui ?

-Rodolphe… »

Elle avait chuchoté. Il avait cru avoir mal compris. « Comment ? Je n'ai pas entendu ! »

Filo avait repris, un peu plus haut : « C'est Rodolphe ! »

Il était demeuré silencieux un long moment, pris dans une ronde de pensées incohérentes. Très vite, l'image de Laura Paulet s'était formée dans son esprit. Laura, clouée à jamais sur un fauteuil roulant. Il avait vu Noémie Laforge, Sonia Malengreau, toutes les autres.

« Ce n'est pas possible !

-Hélas, si. Elle m'a dit qu'il est l'homme de sa vie. Elle va quitter Hervé pour vivre avec lui... Elle veut même un enfant ! »

À cet instant, si on lui avait annoncé que la fin du monde était programmée pour le lendemain, il n'aurait pas été davantage bouleversé.

Sa fille, sa fille chérie, dans les pattes de ce monstre, c'était impensable.

En fait, jamais il n'aurait pensé que ce *vieil ami* était abject au point de séduire Stéphanie, la femme de son propre fils, la fille de son ami. Après toutes ses confidences dégueulasses sur ses autres conquêtes, il n'arrivait même pas à les imaginer tous les deux ensemble... C'était trop difficile.

Et pourtant, Stéphanie est vraiment tombée amoureuse de cette merde infecte. Naïvement, il a cru qu'il suffirait de supprimer l'objet de son amour pour la ramener à la raison.

Il s'est trompé sur toute la ligne. Stéphanie n'a pas pu supporter... En plus, le hasard, cette vieille ordure, a amené cette jeune journaliste dans l'avion de RHB le jour où il avait décidé de lui régler son compte. Quel épouvantable gâchis !

Maintenant, il sait très exactement ce qu'il lui reste à faire. Il vole en direction de Tours. Tout à l'heure, tous les journalistes vont se précipiter. Ce sera un fait divers exceptionnel, l'un de ceux qui marquent les esprits. Un seul d'entre eux, ce Dimitri Boizot – qui vaut mieux, finalement, que son apparence – aura l'information, la vraie. Quand il publiera son article, chacun découvrira enfin la vérité sur *RHB,* ses saloperies à répétition. Chacun apprendra aussi la vérité sur maître Olivier Guillaumin, ténor du barreau, qui n'aura réussi qu'à provoquer la mort de sa fille en cherchant à la sauver...

À l'heure qu'il est, Boizot doit avoir reçu son mail. Dans deux minutes, il arrive à Louans. Il commence à descendre...

*

Dimitri ouvre son ordinateur. Sur l'écran d'accueil, une liste de mails récents. Tout en haut, il repère le nom de Guillaumin.

Il l'ouvre, lit : « Monsieur Boizot,

Nous n'avons pas toujours entretenu des relations faciles, pas toujours cordiales non plus. Toutefois, je voulais vous dire que j'ai toujours apprécié votre droiture, votre honnêteté.

Lorsque vous êtes venu me voir à mon cabinet, vendredi, afin de me parler du sabotage de l'avion de Rodolphe Hubaud-Bréval, j'ai été sur le point de vous révéler la vérité.

Je ne l'ai pas fait parce que, à cet instant, ma fille Stéphanie n'avait pas encore décidé de quitter ce monde. Aujourd'hui, les choses sont différentes…

Lorsque vous lirez ce mail, je serai mort à mon tour. Ou peut-être que l'accident de mon Piper ne se sera pas encore produit, mais ce ne sera qu'une question de minutes. »

Un cri, un rugissement plutôt : « Merde ! »

Dimitri relève la tête, voit Drichon sortir de son bureau comme une furie. Il pénètre dans le bureau de Daniel Benaïssa en hurlant : « Tu as vu ? Un autre Piper vient de s'écraser à l'endroit exact où l'accident de Hubaud-Bréval et de Marie-Aude s'est produit ! Et le plus beau, c'est que le pilote, qui est mort sur le coup, c'est l'avocat Olivier Guillaumin, un ami de RHB ! Tu te rends compte ! Il faut absolument envoyer quelqu'un sur place, tout de suite ! »

Dimitri se lève, va rejoindre Drichon et Benaïssa : « Guillaumin m'a envoyé un mail juste avant de mourir !

-Quoi ! » gueule Drichon, écarlate. « Qu'est-ce qu'il dit ?

-Viens voir avec moi, Étienne, je suis en train de le lire, mais je crois bien qu'on a le scoop du siècle ! »

*

Le soir même est sortie une édition spéciale de *L'Actualité* avec cet énorme titre au-dessus de la photo des débris du Piper dans le champ de Louans : « *« La confession exclusive de l'avocat Guillaumin »*

Drichon a regardé Dimitri, s'est fendu d'un sourire : « Beau boulot ! Si, avec ça, on ne booste pas nos ventes, alors je n'y comprends plus rien ! »

Dimitri a fait oui de la tête, est reparti à son bureau, a saisi son blouson posé sur le dossier de la chaise, l'a enfilé. Puis il est sorti, avec une seule idée en tête : rentrer rue Descombes, y retrouver Sylvie et Jean-Michel pour passer une soirée tranquille. Cette journée a été épuisante… La confession de Guillaumin l'a bouleversé.

« Lorsque nous étions jeunes, l'attitude de Rodolphe avec les femmes m'amusait plutôt. J'étais stupide alors, je considérais que si elles acceptaient toutes les saloperies qu'il leur réclamait, elles ne devaient s'en prendre qu'à elles-mêmes. Je sais qu'en écrivant une telle phrase en 2019, je m'expose à un lynchage médiatique. Je m'en moque puisque je ne serai plus là pour le subir. Ma prise de conscience remonte à l'an 2000 et à cette tragédie vécue par Laura Paulet. C'est à ce moment que j'ai compris à quel point celui que je considérais comme mon ami était aussi un monstre. Il était incapable de résister à ses pulsions et devait les satisfaire à n'importe quel prix. Pourtant, parce que mon métier m'y obligeait, je l'ai défendu… Tout cela aurait pu continuer encore longtemps si je n'avais appris, par une confession de Stéphanie à sa mère, qu'il avait mis le grappin sur ma propre fille. Alors, quand j'ai appris que Stéphanie était enceinte de ce monstre, je n'ai pas hésité un instant. Je devais le supprimer – remarquez que je n'emploie pas le verbe *tuer*, je préfère *supprimer* parce que c'est un verbe qui s'applique bien aux nuisibles – pour éviter à Stéphanie de vivre un enfer. Je savais ce qui l'attendait. Ce genre d'individu, seulement préoccupé de son plaisir égoïste, ne change jamais. Il allait imposer à Stéphanie des pratiques innommables. Et cela, je ne pouvais même pas l'envisager.

Quand j'ai su qu'il avait programmé un vol pour le 8 novembre, je suis arrivé au petit matin à l'aérodrome. Je savais très exactement ce que j'avais à faire pour que l'avion s'écrase en route. En revanche, ce que j'ignorais, c'est que ce porc emmènerait une passagère. Si je l'avais su, je jure que je n'aurais pas agi de cette façon. J'aurais trouvé une autre solution…

Demain, le parquet de Tours annoncera officiellement que l'accident était, en fait, un acte délibéré. Les magistrats pourront annoncer en même temps le nom de l'auteur de cet acte…

J'aimerais, monsieur Boizot, que vous vous fassiez mon interprète auprès du mari de Marie-Aude Février, auprès de ses parents aussi, pour leur présenter mes excuses, mes regrets. Cela ne leur ramènera pas leur épouse, leur fille, mais qu'ils sachent au moins combien le remords me ronge depuis ce jour.

Dès lors que Stéphanie s'en est allée, ma vie n'a plus de raison d'être.

Je ne pourrai pas lire votre article, mais je suis sûr qu'il sera le reflet fidèle de mes dernières paroles, ma dernière plaidoirie.

Je vous salue, monsieur Boizot,

Olivier Guillaumin »

*

Dimitri allume une Camel, cherche à se rappeler où il a garé sa voiture tout à l'heure.

« Dimitri ! »

Derrière la grille du square, il aperçoit Adrien Festu qui lui fait un grand geste de la main. Il traverse. « Salut ! Une clope ? »

Festu fait oui de la tête. « Et alors ? Du neuf dans tes recherches sur Marie-Aude ? »

Il prend un air dépité, répond : « Non, rien du tout... Allez, bonne soirée, et à demain ! »

Il s'éloigne sans se retourner. Cette journée a assez duré. Le SDF apprendra demain par la presse le nom de l'assassin. Il lui en voudra un peu, sans doute, mais ils se réconcilieront très vite en partageant une cigarette et en dissertant sur la *raison impérieuse*...

PATRICK PHILIPPART

CHAPITRE 41

La salle est vaste, haute de plafond, avec trois grandes fenêtres qui donnent sur la rue La Feuillade. Ne parviennent ici, au premier étage, que de vagues rumeurs de l'extérieur. L'épaisse moquette de laine décourage les cris et les éclats de voix.

C'est dans cette salle, ornée d'une longue table ovale en acajou de Cuba de style Louis-Philippe, que les membres du comité exécutif de la banque Bréval se réunissent chaque semaine. Le vendredi, en temps normal, mais depuis trois semaines, la société ne connaît plus de temps normal.

Ce mardi matin, France Bréval s'est installée sur le fauteuil présidentiel. Face à elle, personne n'a osé protester. Elle fixe chacun des quatre commissaires de son regard marron. Bertrand Roux-Pergaud est un quinquagénaire tout en longueur, aux épaules tombantes. Dans la guerre des clans, il a toujours été proche de la famille Hubaud-Bréval. Rodolphe disait de lui : « Il n'a pas beaucoup de compétences, sauf celle, irremplaçable, de savoir se rendre utile quand il le faut. »

Elle lui adresse un léger sourire. À sa droite, Christophe Helson, un autre soutien de la famille, tente de se donner une contenance, les mains croisées, posées sur le bord de la table. À trente-trois ans, il est le benjamin du comité. Il y siège depuis deux ans. Rodolphe l'avait fait nommer personnellement. « Christophe, lui avait-il dit, a une intelligence très supérieure à la moyenne. Je dirais même que c'est un génie de la finance. Mais il ne sera jamais capable de diriger une équipe. Il est trop individualiste, à la limite de l'autisme. »

De l'autre côté de la table, comme pour bien marquer leur camp, Raphaël Rebulet et Régis Tartakover soutiennent son regard, en se demandant à quelle sauce ils vont être mangés.

« Bien. Messieurs, vous connaissez aussi bien que moi la tragique actualité. Nous n'allons pas nous y attarder, même si elle conditionne ce que j'ai à vous dire… Mon fils Hervé a eu le terrible malheur de perdre son épouse dans des circonstances sur lesquelles je ne m'étendrai pas. À la suite de ce drame, Hervé m'a fait part de sa volonté de démissionner de la banque. »

Elle guette les réactions. Helson n'a pas bronché, Roux-Pergaud a rougi, comme à chaque fois qu'il ressent une forte émotion. Rebulet a sursauté, incrédule. Tarta, lui, la regarde avec l'air de se demander si elle n'est pas en train de se moquer d'eux.

« Sa décision est irrévocable. Il m'a d'ailleurs remis sa lettre de démission, que j'ai confiée à Nathalie Gaumais. Elle doit être occupée à vous en préparer des copies… Cela signifie que le poste de président de la banque Bréval est désormais vacant. Nous ne pouvons évidemment nous permettre de laisser perdurer une période d'incertitude. En tant qu'actionnaire principale de cette société, j'ai donc décidé… »

Elle s'interrompt. À ce moment, elle est certaine que chacun des quatre hommes est persuadé qu'elle va elle-même occuper ce poste.

Elle sourit, reprend : « J'ai donc décidé de proposer à Régis Tartakover de devenir le prochain président de la banque Bréval. »

Roux-Pergaud est devenu écarlate, Helson a décroisé les mains, qu'il a posées bien à plat sur la table. Rebulet a entrouvert la bouche comme un poisson sorti de l'eau. Tarta, lui, fronce les sourcils.

France Bréval a longuement réfléchi avant de prendre sa décision. Bien sûr, elle aurait pu récompenser l'un de ses soutiens. Mais la direction générale d'une banque privée n'est pas une question de récompense. Elle sait que Rebulet n'est pas fiable. Tartakover lui est finalement apparu comme le meilleur choix. Il a de réelles compétences, mais surtout il est fragile, et il a largement prouvé à de Mérot qu'il savait se montrer reconnaissant. Il fera donc une excellente marionnette, qu'elle pourra manipuler à son gré, en bonne marionnettiste...

*

Émilien achève la lecture de *L'Actualité*. Il n'en revient pas. Ainsi Marie-Aude est morte pour s'être trouvée au mauvais endroit, au mauvais moment. Il sent bouillonner en lui une rage incoercible. Si cet avocat ne s'était pas suicidé, il l'aurait tué de ses propres mains, à petit feu. En plus, il a l'indécence de parler de ses remords.

Comment arrivera-t-il un jour à expliquer à Oscar que sa maman est morte pour rien, simplement parce qu'elle cherchait à établir la vérité sur la mort de son père ? Si sa salope de mère ne lui avait pas caché cette vérité, les choses auraient été différentes, Mario ne se serait pas trouvée à bord de cet avion le 8 novembre et, aujourd'hui, ils pourraient faire des projets pour leur deuxième enfant.

Au fond de lui, il a toujours senti que Mario ne le trompait pas avec ce vieux porc. L'impression s'est muée en certitude. Mais une certitude inutile et douloureuse, dorénavant.

Il referme le journal. Plus jamais il ne pourra y trouver des articles avec la signature *Marie-Aude Février*. En revanche, il sait déjà qu'il va écrire une histoire qui ressuscitera Mario, la transformera en héroïne de BD. Ce sera sa façon à lui de la garder en vie, de la faire aimer sans éprouver la plus petite jalousie…

*

Jean-Paul Février a cherché à joindre Dimitri Boizot, en vain. Il voulait le féliciter d'avoir su faire toute la lumière sur une histoire dont plusieurs éléments lui échappaient. Quand le journaliste lui avait appris que la chute du Piper n'était pas accidentelle, il avait été plongé dans le désarroi.

Aujourd'hui, il se sent mieux. Celle qu'il a toujours considérée comme sa petite sœur n'est plus là, mais au moins a-t-il obtenu toutes les réponses à ses questions. Il va pouvoir reprendre son travail, aller de l'avant…

ÉPILOGUE

Ce dimanche, la tempête s'est abattue sur Vernouillet et sa région. Le vent souffle en rafales, fait tourbillonner des paquets de pluie. Les balais d'essuie-glace de la Cactus semblent pris de frénésie. Au volant, Dimitri fredonne dans sa tête une chanson d'Ella Fitzgerald : *« The weather is frightening, the thunder and lightning seem to be having their way, but as far as I'm concerned, it's a lovely day... »*[6]

Eh oui, une belle journée s'annonce, malgré une météo détestable.

« Brigitte et Stéphane viennent avec les enfants ? » demande Sylvie. Elle a posé sa main sur sa cuisse, et ce simple contact est plus éloquent qu'un long discours. Depuis quinze jours, ils vivent une nouvelle lune de miel. À l'arrière, Jean-Michel s'amuse en silence avec un jeu sur le smartphone de sa mère.

---

[6] Le temps est effrayant, le tonnerre et l'éclair semblent n'en faire qu'à leur tête, mais pour ce qui me concerne, c'est une belle journée.

« Je crois que les deux plus grands sont en pleine période d'examens. Peut-être Ophélie…

-Et Simon, tu as eu des nouvelles ? »

Au volant, Dimitri sourit intérieurement. Simon l'a appelé hier, mais lui a demandé de garder le secret.

« Non, pas récemment.

-On ne sait pas s'il viendra, alors ?

-Eh non ! »

*

Lorsqu'ils sont parvenus devant le pavillon familial, Dimitri donne deux coups d'avertisseur. Quelques secondes plus tard, la porte d'entrée s'ouvre sur son père, tout sourire. « Allez-y ! Sinon vous allez être trempés ! »

Dans la maison, Arlette Boizot s'affaire à la cuisine. Chaque fois qu'elle reçoit ses enfants, c'est pour elle une véritable fête. Une source de stress, aussi. « Stéphane et Brigitte sont au salon », fait son père.

« Les enfants ?

-Ils sont restés à Tours. »

Son père baisse la voix, chuchote : « Je crois qu'ils en ont un peu marre de toujours suivre leurs parents. Ils ont besoin d'indépendance, à leur âge… »

Jean-Michel se précipite dans les bras de son grand-père, son complice de jeux toujours disponible.

Après être allé embrasser sa mère, Dimitri rejoint sa sœur et son beau-frère.

« Alors ? fait Stéphane, j'ai vu que tu avais réussi un fameux scoop ! C'est un peu grâce à moi, non ?

-On peut le dire, Steph'. Si tu ne m'avais pas branché sur le professeur Moizan, je serais certainement passé complètement à côté de cette affaire. »

Brigitte intervient : « En tout cas, c'est une vraie tragédie. Quatre personnes mortes à cause d'un homme qui ne savait pas contrôler ses pulsions... J'ai beaucoup pensé à son fils, qui se retrouve seul avec un garçon à élever, dans une famille éclatée... »

Sylvie brise alors le silence pour lancer : « Dimitri a une grande nouvelle à nous annoncer... »

Tous les regards se tournent vers lui. Il sourit et fait : « Le 1er janvier prochain, je deviendrai le rédacteur en chef adjoint de *L'Actualité*. Et... »

La sonnerie de la porte d'entrée l'interrompt.

« Tiens ! fait le père de Dimitri. On n'attend plus personne pourtant... J'espère que ce ne sont pas des Témoins de Jéhovah qui viennent prêcher la bonne parole, sinon je vais vous les expédier vite fait. »

*

« Si vous m'aviez dit que vous veniez, je serais allé vous chercher à la gare et vous auriez évité des frais de taxi ! »

Charles Boizot est radieux, au moins autant que son épouse. L'arrivée inattendue de Simon les comble d'aise. D'abord surpris par la présence d'une inconnue à ses côtés, ils ont tout de suite cherché à la mettre à l'aise. « Chez les Boizot, tout le monde se tutoie ! Pas de chichis entre nous ! » a lancé la mère de Dimitri.

« Adeline, c'est un joli prénom » a renchéri son mari en les installant sur le canapé du salon. Lorsque son frère est entré dans la pièce, Dimitri lui a adressé un petit clin d'œil complice. Sylvie a alors compris que les deux frères étaient de mèche.

La nouvelle compagne de Simon ne fait pas son âge. Petite et très mince, avec ses cheveux courts aux reflets auburn et ses grands yeux bruns, elle a presque l'air d'une petite fille à côté de Simon.

Après avoir ouvert une bouteille de champagne et rempli les coupes, le père de Dimitri lance : « Tu fais quoi dans la vie, Adeline ? Tu es aussi dans la restauration ? »

Dimitri voit les traits de son frère se figer. Adeline, elle, réplique spontanément : « Je suis lieutenant à la police de Marseille, dans le huitième arrondissement.

-Ah oui... Toi, c'est donc les suspects que tu cuisines ! » réplique son père en risquant un pauvre trait d'humour.

« C'est exactement ça ! » rétorque Adeline sans se départir de son lumineux sourire.

Dimitri voit son père et sa mère échanger un regard éloquent. Elle, qui connaît trop bien son mari, lui intime l'ordre de se comporter comme un être civilisé en évitant ses vieilles blagues sur la police et ses représentants. Charles Boizot reprend alors, avec, au fond de l'œil, une infime lueur d'ironie : « Tu aimes Renaud ? En ton honneur, je propose qu'on écoute *J'ai embrassé un flic.* »

En regardant Adeline partir d'un rire plein d'indulgence, Dimitri comprend comment Simon a pu tomber amoureux de cette femme, qui dégage une sympathie immédiate. À côté de lui, Stéphane repose sa coupe de champagne. Il fait : « Vous comptez vous marier ? »

Adeline et Simon éclatent de rire, se tournent l'un vers l'autre et, en chœur : « Sûrement pas ! On a déjà donné ! »

FIN

Printed in Great Britain
by Amazon